できるビジネス日本語

從零開始，跟著唸、照著抄～

你也會的商用日語！

こんどうともこ 著

元氣日語編輯小組 審訂

作者序

ビジネスの現場で成功するための「利器」としての日本語

近年、ビジネス日本語の教材は、日本国内だけでなく世界各国でよいものが次々と出版されるようになりました。特にビジネス会話の教材は、学習者が効率よく学べるよう工夫されたものが多く、目をみはるものがあります。

しかし同時に、実際の現場で上手に使えている人の数が少ないという事実も否めません。それはいったいどうしてなのでしょうか。理由は簡単です。教材に書かれている日本語は、「正しい日本語」であって、「使える日本語」ではないからです。日本語でビジネスをしようとするとき、外国人にとって障壁となるのは日本語ではありません。ビジネス日本語特有の表現や複雑な敬語、ビジネスマナー、ひいては日本人独特の考え方や習慣といったものです。それに気づいていない人は、うまくコミュニケーションできないのは自分の日本語が下手なせいだと勘違いしてしまうのです。

そこで、本書には自信をもって日本人と仕事ができるよう、「利器」となる日本語を網羅しました。教材にありがちな不自然な日本語を一切排除し、即、現場に役立つ実用的な日本語のみで構成されています。また、日本のビジネスには欠かせない敬語も、苦にならないよう自然に口をついて出てくるよう配慮しました。さらに、すべての単元ごとに【TOMOKO 老師的悄悄話】のコーナーを設け、本文には取り上げなかったマナーやビジネスで成功するための知識、知っておくと得する情報などを、気軽に読めるようコラム風にまとめました。

最後に、本書がみなさまのビジネス日本語学習の指針となり、日本語によるビジネスコミュニケーションの円滑化に貢献できれば幸いです。

2013 年 5 月　台北の自宅にて

こんどうともこ

可成為商業現場
百戰百勝「利器」的日語

近年來，商用日語的好教材，不僅在日本國內，甚至在全世界都接二連三地出版。特別讓我驚訝的是，有些商用會話的教學設計，可以讓學習者更有效率地學習。

但是在這個的同時，無法否認的，能好好運用在實務上的人並不多。那到底是為什麼呢？理由很簡單，那是因為教材裡的日語是「正確的日語」，而不是「實際上好用的日語」。當在工作上需要用到日語的時候，對外國人來說，最大的障礙並不是在日語本身，反而是在商用日語裡特有的表達方式、複雜的敬語、商用禮儀、甚至是日本人獨特的想法或習慣等等。而沒有注意到這點的人，會誤以為無法順利溝通的原因是因為自己的日語不好。

因此，本書收集了可信心滿滿地與日本人工作、可成為「利器」的日語。全書排除了教材裡常有的不自然的日語，也就是只保留了在工作現場上能派上用場的實用日語。另外，就連商場上不可或缺的敬語，也能不費吹灰之力地自然說出。再加上每個單元還設有「TOMOKO 老師的悄悄話」專欄，以輕鬆好閱讀的小專欄方式，整理出本文內容沒有談到的禮儀、或是職場上的成功之道，以及若能事先知道就有好處的資訊等等。

最後，若本書能成為大家在學習商用日語的指南，並有助於用商用日語順利地溝通，將會是我的榮幸。

2013 年 5 月 於台北自宅

こんどうともこ

從零開始，跟著唸、照著抄～你也會的商用日語！

01 跟著本書這樣抄！

想要在日商公司工作，第一步要做的，是寫出一份完美又完整的日文履歷表！而本書除了提供日文履歷表範本之外，還附上平假名標示、中文翻譯，並列出數句「一定要看得懂的一句話」、「一定要寫的一句話」，讓您不僅各種日文履歷表都看得懂，也能在自己的履歷表上寫出重要的資訊，獲得日商公司對您的好印象！

01 邁進日商公司

日系企業に邁進

1) 日文履歷表的寫法（範本）

履歴書

氏名	呉台昇		
生年月日	1987年4月18日	性別	男
現住所	台北市安福路120巷88号6F	電話	（携帯電話）0912-345-678
E-mail	wu.taisheng@mm88.nihet.net		
連絡先	（同上）		

年	月	学歴・職歴（各項目ごとにまとめて書く）
		学歴
2002	7	青南第一中学　卒業
2005	7	成徳高級中学　卒業
2005	9	城江大学外国語学部日本語学科　入学
2009	7	城江大学外国語学部日本語学科　卒業
		職歴
2009	12	朝日GTY会社　入社
2011	6	朝日GTY会社　退社
		以上

14

年	月	免許・資格
2010	5	TOEIC 890点　取得
2011	12	日本語能力試験N1　取得
2012	2	普通自動車第一種運転免許　取得

特技・趣味など

・バスケットボール（小学校の頃から好きで続けています。高校時代は学校の代表に選ばれ準優勝しました。）
・漫画鑑賞（子供の頃から日本の漫画が好きでした。特に手塚治虫の作品が好きで、何十回も読みました。日本語を勉強し始めたきっかけでもあります。）

志望の動機

学歴や経験にこだわらず、実績を重視する御社の社員への評価方針にひかれ志望いたしました。学生時代に、地域密着型のボランティア活動に参加していた経験を活かし、現地の人にとって本当に必要なものを提供できるような仕事がしたいと考えております。

本人希望記入欄（特に給料・職種・勤務地・勤務時間などについて希望があれば記入）

給料・勤務時間などについてはすべて、御社の規定に従います。

15

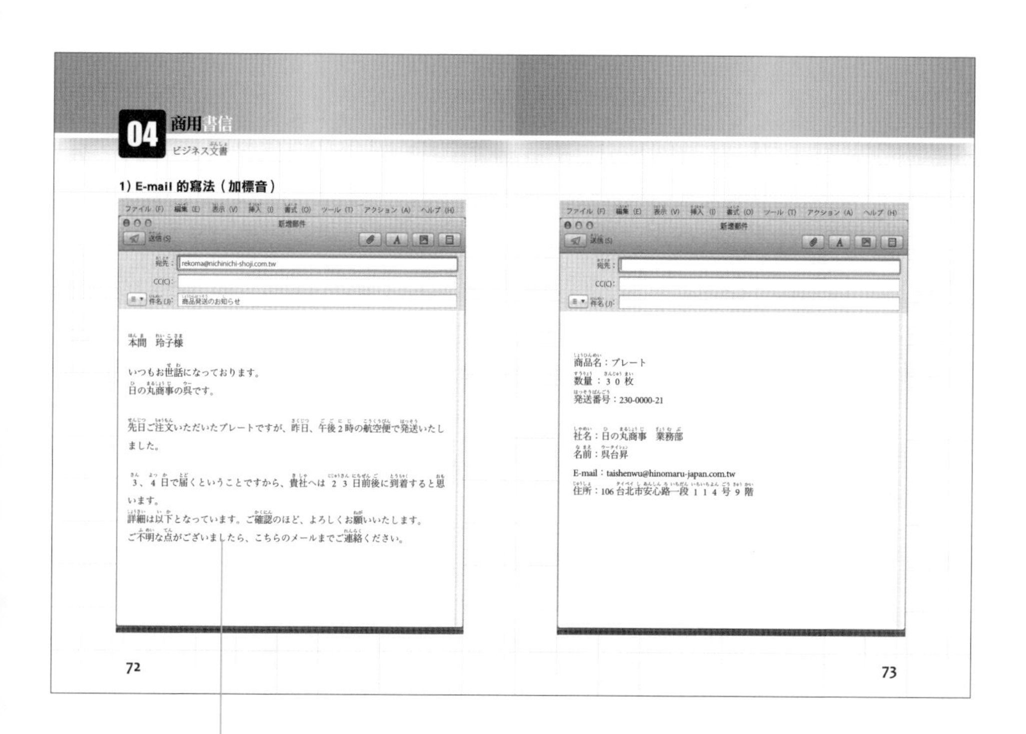
04 商用書信
ビジネス文書

1) E-mail 的寫法（加標音）

ファイル (F)　編集 (E)　表示 (V)　挿入 (I)　書式 (O)　ツール (T)　アクション (A)　ヘルプ (H)
新增郵件
送信 (S)
発先：rekoma@nichinichi-shoji.com.tw
CC(C):
件名 (J)：商品発送のお知らせ

本間　玲子様

いつもお世話になっております。
日の丸商事の呉です。

先日ご注文いただいたプレートですが、昨日、午後2時の航空便で発送いたしました。

3、4日で届くということですから、貴社へは２３日前後に到着すると思います。
詳細は以下となっています。ご確認のほど、よろしくお願いいたします。
ご不明な点がございましたら、こちらのメールまでご連絡ください。

72

ファイル (F)　編集 (E)　表示 (V)　挿入 (I)　書式 (O)　ツール (T)　アクション (A)　ヘルプ (H)
新增郵件
送信 (S)
発先：
CC(C):
件名 (J)：

商品名：プレート
数量：３０枚
発送番号：230-0000-21

社名：日の丸商事　業務部
名前：呉台昇

E-mail：taishenwu@hinomaru-japan.com.tw
住所：106 台北市安心路一段１１４号９階

73

進入日商公司之後，緊接而來會遇到要書寫各式商業書信的情況。因此，第4單元詳細列出「E-mail 的寫法」、「FAX 的寫法」、「商用賀年卡」、「季節問候卡」的各種寫法，且附上「一定要看得懂的一句話」、「一定要寫的一句話」，讓您在書寫上也能有所依據，跟著本書這樣抄，就對了！

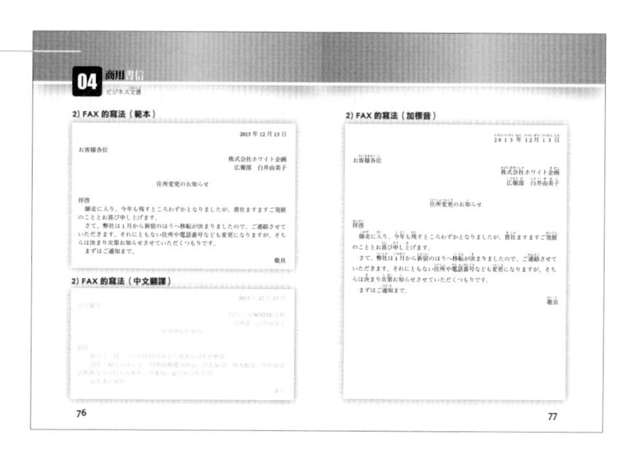
04 商用書信
ビジネス文書

2) FAX 的寫法（範本）

2013年12月13日
お客様各位
株式会社ホワイト企画
広報部　白井由美子

住所変更のお知らせ

拝啓
師走に入り、今年も残すところわずかとなりましたが、貴社ますますご発展のこととお喜び申し上げます。
さて、弊社は1月から新宿のほうへ移転が決まりましたので、ご連絡させていただきます。それにともない住所や電話番号なども変更になりますが、そちらは決まり次第お知らせさせていただくつもりです。
まずはご通知まで。
敬具

2) FAX 的寫法（中文翻譯）

76

2) FAX 的寫法（加標音）

2013年12月13日
お客様各位
株式会社ホワイト企画
広報部　白井由美子

住所変更のお知らせ

拝啓
師走に入り、今年も残すところわずかとなりましたが、貴社ますますご発展のこととお喜び申し上げます。
さて、弊社は1月から新宿のほうへ移転が決まりましたので、ご連絡させていただきます。それにともない住所や電話番号なども変更になりますが、そちらは決まり次第お知らせさせていただくつもりです。
まずはご通知まで。
敬具

77

02 跟著本書這樣唸！

17 種情境主題

精選 17 種在日商公司一定會遇到的情況，再從各種情況中細分出數個小單元，針對每個小單元的主題認識必會的情境對話與一句話！

MP3 序號

日籍作者親自錄製，配合 MP3 學習，商用日語聽、說一本搞定！

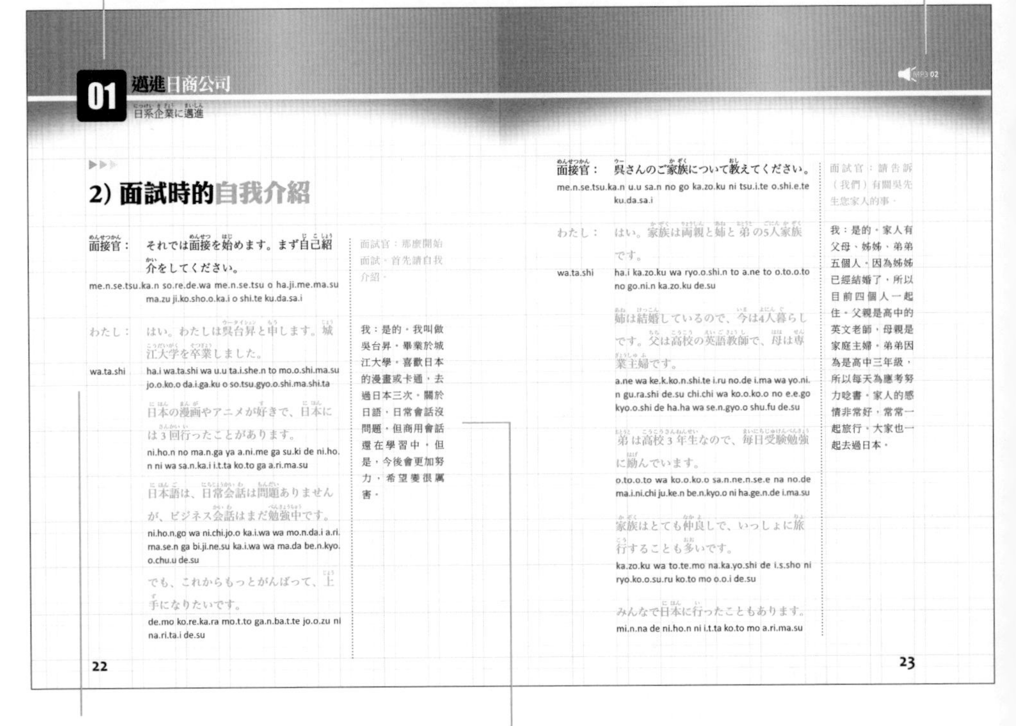

01 邁進日商公司
日系企業に邁進

2) 面試時的自我介紹

面接官： それでは面接を始めます。まず自己紹介をしてください。
me.n.se.tsu.ka.n so.re.de.wa me.n.se.tsu o ha.ji.me.ma.su ma.zu ji.ko.sho.o.ka.i o shi.te ku.da.sa.i

面試官：那麼開始面試，首先請自我介紹。

わたし： はい。わたしは吳台昇と申します。城江大学を卒業しました。
wa.ta.shi ha.i wa.ta.shi wa u.u ta.i.she.n to mo.o.shi.ma.su jo.o.ko.o da.i.ga.ku o so.tsu.gyo.o.shi.ma.shi.ta

日本の漫画やアニメが好きで、日本には3回行ったことがあります。
ni.ho.n no ma.n.ga ya a.ni.me ga su.ki de ni.ho.n ni wa sa.n.ka.i i.t.ta ko.to ga a.ri.ma.su

日本語は、日常会話は問題ありませんが、ビジネス会話はまだ勉強中です。
ni.ho.n.go wa ni.chi.jo.o ka.i.wa wa mo.n.da.i a.ri.ma.se.n ga bi.ji.ne.su ka.i.wa wa ma.da be.n.kyo.o.chu.u de.su

でも、これからもっとがんばって、上手になりたいです。
de.mo ko.re.ka.ra mo.t.to ga.n.ba.t.te jo.o.zu ni na.ri.ta.i de.su

我：是的，我叫做吳台昇，畢業於城江大學，喜歡日本的漫畫或卡通，去過日本三次。關於日語，日常會話沒問題，但商用會話還在學習中，但是，今後會更加努力，希望變很厲害。

22

MP3 02

面接官： 呉さんのご家族について教えてください。
me.n.se.tsu.ka.n u.u sa.n no go ka.zo.ku ni tsu.i.te o.shi.e.te ku.da.sa.i

面試官：請告訴（我們）有關吳先生您家人的事。

わたし： はい。家族は両親と姉と弟の5人家族です。
wa.ta.shi ha.i ka.zo.ku wa ryo.o.shi.n to a.ne to o.to.o.to no go.ni.n ka.zo.ku de.su

姉は結婚しているので、今は4人暮らしです。父は高校の英語教師で、母は専業主婦です。
a.ne wa ke.k.ko.n.shi.te i.ru no.de i.ma wa yo.ni.n gu.ra.shi de.su chi.chi wa ko.o.ko.o no e.e.go kyo.o.shi de ha.ha wa se.n.gyo.o shu.fu de.su

弟は高校3年生なので、毎日受験勉強に励んでいます。
o.to.o.to wa ko.o.ko.o sa.n.ne.n.se.e na no.de ma.i.ni.chi ju.ke.n be.n.kyo.o ni ha.ge.n.de i.ma.su

家族はとても仲良しで、いっしょに旅行することも多いです。
ka.zo.ku wa to.te.mo na.ka.yo.shi de i.s.sho ni ryo.ko.o.su.ru ko.to mo o.o.i de.su

みんなで日本に行ったこともあります。
mi.n.na de ni.ho.n ni i.t.ta ko.to mo a.ri.ma.su

我：是的，家人有父母、姊姊、弟弟五個人，因為姊姊已經結婚了，所以目前四個人一起住。父親是高中的英文老師，母親是家庭主婦。弟弟因為是高中三年級，所以每天為應考努力唸書。家人的感情非常好，常常一起旅行，大家也一起去過日本。

23

情境對話

針對小單元的主題如「接聽電話」、「接待訪客」等等，模擬真實的情境對話，一旦在職場上遇到相似情境，立即就能開口說出最適當的商用日語！

中文翻譯

精準的中文翻譯，讓您馬上知道何時會用到這句話。或者您也可以先看中文，再想想這句商用日文該怎麼說，來當作練習，加強日文實力。

01 邁進日商公司
日系企業に邁進

一定要聽得懂的一句話！

1. どうして日本語を勉強しようと思ったのですか。
do.o.shi.te ni.ho.n.go o be.n.kyo.o.shi.yo.o to o.mo.t.ta no de.su ka
為什麼當初想到要學日文？

2. ご両親について話してください。
go ryo.o.shi.n ni tsu.i.te ha.na.shi.te ku.da.sa.i
請說說有關您父母的事。

3. 日本語の能力を上達させるために、何かしていることがありますか。
ni.ho.n.go no no.o.ryo.ku o jo.o.ta.tsu.sa.se.ru ta.me ni na.ni ka shi.te i.ru ko.to ga a.ri.ma.su ka
為了讓日文能力更進步，有什麼正在努力做的事情嗎？

4. 自己ＰＲをしてください。
ji.ko pi.i.a.a.ru o shi.te ku.da.sa.i
請自我推薦。

5. 尊敬する人について話してください。
so.n.ke.e.su.ru hi.to ni tsu.i.te ha.na.shi.te ku.da.sa.i
請說說有關您尊敬的人的事情。

6. 前の会社で学んだことについて話してください。
ma.e no ka.i.sha de ma.na.n.da ko.to ni tsu.i.te ha.na.shi.te ku.da.sa.i
請說說您在之前的公司學到的事。

24

一定要聽得懂的一句話＋一定要說的一句話

除了對話之外，針對該情境還補充了數句「一定要聽得懂的一句話」以及「一定要說的一句話」，搭配對話練習，提升面對真實情況時的應答戰力！

羅馬拼音

對 50 音還不熟怎麼辦？沒關係！全書「情境對話」和「一定要聽得懂的一句話」、「一定要說的一句話」皆附上羅馬拼音，只要跟著本書這樣唸，您也可以變成商用日語達人！

TOMOKO 老師的悄悄話

以小專欄的方式，告訴您各種實用又有趣、「如何在職場上致勝」的小撇步。本專欄不僅教您如何和日本上司、同事與客戶融洽相處，更可以瞭解日本人的職場文化！

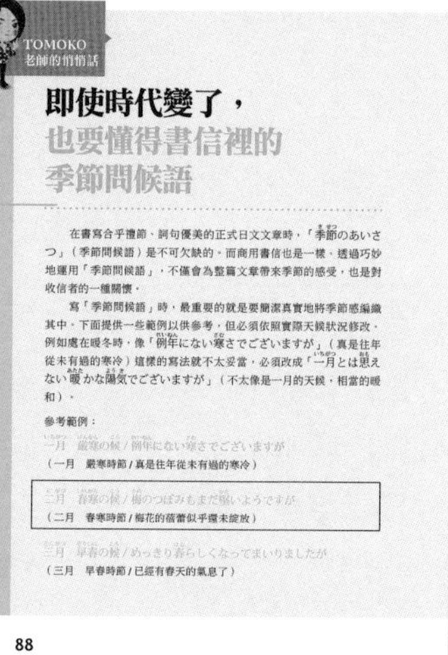
TOMOKO 老師的悄悄話

即使時代變了，也要懂得書信裡的季節問候語

在書寫合乎禮節、詞句優美的正式日文文章時，「季節のあいさつ」（季節問候語）是不可欠缺的。而商用書信也是一樣，透過巧妙地運用「季節問候語」，不僅會為整篇文章帶來季節的感受，也是對收信者的一種關懷。

寫「季節問候語」時，最重要的就是要簡潔真實地將季節感編織其中。下面提供一些範例以供參考，但必須依照實際天候狀況修改。例如處在暖冬時，像「例年にない寒さでございますが」（真是往年從未有過的寒冷）這樣的寫法就不太妥當，必須改成「一月とは思えない暖かな陽気でございますが」（不太像是一月的天候，相當的暖和）。

參考範例：

一月　厳寒の候／例年にない寒さでございますが
（一月　嚴寒時節／真是往年從未有過的寒冷）

二月　春寒の候／梅のつぼみもまだ堅いようですが
（二月　春寒時節／梅花的蓓蕾似乎還未綻放）

三月　早春の候／めっきり春らしくなってまいりましたが
（三月　早春時節／已經有春天的氣息了）

88

目次

目次

11 開會

12 抱怨

13 拒絕

目次

01 邁進日商公司

想到日商公司上班嗎？第一件事情要先學會如何寫「日文履歷表」。本單元除了有履歷表的範例之外，還教您「面試時要如何自我介紹」以及「面試時要如何回答問題」。好好學習，踏出邁進日商的第一步吧！

1）日文履歷表的寫法（範本）

履歴書

氏名	呉台昇		
生年月日	1987年4月18日	性別	男
現住所	台北市安福路120巷88号6F	電話	(携帯電話) 0912-345-678
E-mail	wu.taisheng@mm88.nihet.net		
連絡先	(同上)		

年	月	学歴・職歴（各項目ごとにまとめて書く）
		学歴
2002	7	青南第一中学　卒業
2005	7	成徳高級中学　卒業
2005	9	城江大学外国語学部日本語学科　入学
2009	7	城江大学外国語学部日本語学科　卒業
		職歴
2009	12	朝日GTY会社　入社
2011	6	朝日GTY会社　退社
		以上

年	月	免許・資格
2010	5	TOEIC 890点　取得
2011	12	日本語能力試験N1　取得
2012	2	普通自動車第一種運転免許　取得

特技・趣味など

・バスケットボール（小学校の頃から好きで続けています。高校時代は学校の代表に選ばれ準優勝しました。）

・漫画鑑賞（子供の頃から日本の漫画が好きでした。特に手塚治虫の作品が好きで、何十回も読みました。日本語を勉強し始めたきっかけでもあります。）

志望の動機

学歴や経験にこだわらず、実績を重視する御社の社員への評価方針にひかれ志望いたしました。学生時代に、地域密着型のボランティア活動に参加していた経験を活かし、現地の人にとって本当に必要なものを提供できるような仕事がしたいと考えております。

本人希望記入欄（特に給料・職種・勤務地・勤務時間などについて希望があれば記入）

給料・勤務時間などについてはすべて、御社の規定に従います。

01 邁進日商公司

日系企業（にっけいきぎょう）に邁進（まいしん）

1）日文履歷表的寫法（加標音）

履歴書（りれきしょ）

氏名（しめい）	呉台昇（ウータイシェン）		
生年月日（せいねんがっぴ）	1987年（ねん）4月（がつ）18日（にち）	性別（せいべつ）	男（おとこ）
現住所（げんじゅうしょ）	台北市（タイペイし）安福路（あんふくろ）120巷（シャン）88号（ごう）6F	電話（でんわ）	（携帯電話（けいたいでんわ））0912-345-678
E-mail	wu.taisheng@mm88.nihet.net		
連絡先（れんらくさき）	（同上（どうじょう））		

年（ねん）	月（がつ）	学歴（がくれき）・職歴（しょくれき）（各項目（かくこうもく）ごとにまとめて書（か）く）
		学歴（がくれき）
2002	7	青南第一中学（せいなんだいいちちゅうがく）　卒業（そつぎょう）
2005	7	成徳高級中学（せいとくこうきゅうちゅうがく）　卒業（そつぎょう）
2005	9	城江大学外国語学部日本語学科（じょうこうだいがくがいこくごがくぶにほんごがっか）　入学（にゅうがく）
2009	7	城江大学外国語学部日本語学科（じょうこうだいがくがいこくごがくぶにほんごがっか）　卒業（そつぎょう）
		職歴（しょくれき）
2009	12	朝日（あさひ）GTY会社（がいしゃ）　入社（にゅうしゃ）
2011	6	朝日（あさひ）GTY会社（がいしゃ）　退社（たいしゃ）
		以上（いじょう）

年	月	免許・資格
2010	5	TOEIC 890点　取得
2011	12	日本語能力試験N1　取得
2012	2	普通自動車第一種運転免許　取得

特技・趣味など

- バスケットボール（小学校の頃から好きで続けています。高校時代は学校の代表に選ばれ準優勝しました。）
- 漫画鑑賞（子供の頃から日本の漫画が好きでした。特に手塚治虫の作品が好きで、何十回も読みました。日本語を勉強し始めたきっかけでもあります。）

志望の動機

学歴や経験にこだわらず、実績を重視する御社の社員への評価方針にひかれ志望いたしました。学生時代に、地域密着型のボランティア活動に参加していた経験を活かし、現地の人にとって本当に必要なものを提供できるような仕事がしたいと考えております。

本人希望記入欄（特に給料・職種・勤務地・勤務時間などについて希望があれば記入）

給料・勤務時間などについてはすべて、御社の規定に従います。

1) 日文履歷表的寫法（中文翻譯）

履歷表

姓名	吳台昇			
出生年月日	1987年4月18日	姓別	男	
居住地址	台北市安福路120巷88號6F		電話	（手機） 0912-345-678
E-mail	wu.taisheng@mm88.nihet.net			
聯絡地址	（同上）			

年	月	學歷・經歷（個別整理寫上）
		學歷
2002	7	青南第一中學　畢業
2005	7	成德高級中學　畢業
2005	9	城江大學外語學院日文系　入學
2009	7	城江大學外語學院日文系　畢業
		經歷
2009	12	朝日GTY公司　就職
2011	6	朝日GTY公司　離職

年	月	證照・資格
2010	5	TOEIC 取得 890 分
2011	12	日本語能力測驗 N1　合格
2012	2	普通自動車第一種駕照　合格

專長・興趣等

・籃球（從小學時期就喜歡而持續打著。高中時代曾被選為學校代表獲得亞軍。）
・漫畫欣賞（從小就喜歡日本的漫畫。尤其喜愛手塚治虫的作品，看了好幾十遍。這也是開始學日語的契機。）

應徵的動機

我受到貴公司對員工不問學歷或經驗，只重視實際成績這樣的評價方式所吸引，所以前來應徵。我希望能夠活用在學生時代參加的與地區緊密結合的志工活動經驗，從事能夠提供對當地人而言真正需要的東西的工作。

本人希望填入欄（有特別希望的待遇、職種、上班地點、上班時間等的話，請填入）

待遇、上班時間等全部遵照貴公司的規定。

01 邁進日商公司

日系企業に邁進

▶▶▶

一定要看得懂的一句話！

1. 記入項目はすべて記入すること。
ki.nyu.u ko.o.mo.ku wa su.be.te ki.nyu.u.su.ru ko.to
須填寫的項目要全部填寫。

2. 数字はアラビア数字で書くこと。
su.u.ji wa a.ra.bi.a su.u.ji de ka.ku ko.to
數字要使用阿拉伯數字。

3. 修正液は使わないこと。
shu.u.se.e.e.ki wa tsu.ka.wa.na.i ko.to
不要使用修正液。

4. 間違えたらもう一度書き直すこと。
ma.chi.ga.e.ta.ra mo.o i.chi.do ka.ki.na.o.su ko.to
寫錯的話要重寫一份。

5. 鉛筆以外の黒または青の筆記具で書くこと。
e.n.pi.tsu i.ga.i no ku.ro ma.ta wa a.o no hi.k.ki.gu de ka.ku ko.to
以鉛筆以外的黑筆或藍筆書寫。

6. 文字は正確に記入すること。
mo.ji wa se.e.ka.ku ni ki.nyu.u.su.ru ko.to
文字要正確填寫。

▶▶▶

一定要寫的一句話！

1. 趣味は映画鑑賞です。

shu.mi wa e.e.ga ka.n.sho.o de.su

興趣是電影欣賞。

2. 自分の長所は明るく礼儀正しいところです。

ji.bu.n no cho.o.sho wa a.ka.ru.ku re.e.gi ta.da.shi.i to.ko.ro de.su

自己的優點是開朗又有禮貌。

3. 日本語だけでなく英語も得意です。

ni.ho.n.go da.ke de na.ku e.e.go mo to.ku.i de.su

不只日文，也擅長英文。

4. 大学時代はボランティア活動に力を入れていました。

da.i.ga.ku ji.da.i wa bo.ra.n.ti.a ka.tsu.do.o ni chi.ka.ra o i.re.te i.ma.shi.ta

大學時期，致力於志工活動。

5. サッカーは小学生の頃から続けています。

sa.k.ka.a wa sho.o.ga.ku.se.e no ko.ro ka.ra tsu.zu.ke.te i.ma.su

從小學時候就持續踢著足球。

6. 卒業論文のテーマは「日本と中国の経済関係について」です。

so.tsu.gyo.o ro.n.bu.n no te.e.ma wa ni.ho.n to chu.u.go.ku no ke.e.za.i ka.n.ke.e ni tsu.i.te de.su

畢業論文的題目為「論日本與中國的經濟關係」。

2) 面試時的自我介紹

面接官：　それでは面接を始めます。まず自己紹介をしてください。

me.n.se.tsu.ka.n so.re.de.wa me.n.se.tsu o ha.ji.me.ma.su ma.zu ji.ko.sho.o.ka.i o shi.te ku.da.sa.i

面試官：那麼開始面試。首先請自我介紹。

わたし：　はい。わたしは呉台昇と申します。城江大学を卒業しました。

wa.ta.shi　ha.i wa.ta.shi wa u.u ta.i.she.n to mo.o.shi.ma.su jo.o.ko.o da.i.ga.ku o so.tsu.gyo.o.shi.ma.shi.ta

日本の漫画やアニメが好きで、日本には3回行ったことがあります。

ni.ho.n no ma.n.ga ya a.ni.me ga su.ki de ni.ho.n ni wa sa.n.ka.i i.t.ta ko.to ga a.ri.ma.su

日本語は、日常会話は問題ありませんが、ビジネス会話はまだ勉強中です。

ni.ho.n.go wa ni.chi.jo.o ka.i.wa wa mo.n.da.i a.ri.ma.se.n ga bi.ji.ne.su ka.i.wa wa ma.da be.n.kyo.o.chu.u de.su

でも、これからもっとがんばって、上手になりたいです。

de.mo ko.re.ka.ra mo.t.to ga.n.ba.t.te jo.o.zu ni na.ri.ta.i de.su

我：是的。我叫做吳台昇。畢業於城江大學。喜歡日本的漫畫或卡通，去過日本三次。關於日語，日常會話沒問題，但商用會話還在學習中。但是，今後會更加努力，希望變很厲害。

面接官：　呉さんのご家族について教えてください。

me.n.se.tsu.ka.n u.u sa.n no go ka.zo.ku ni tsu.i.te o.shi.e.te ku.da.sa.i

わたし：　はい。家族は両親と姉と弟の5人家族です。

wa.ta.shi　ha.i ka.zo.ku wa ryo.o.shi.n to a.ne to o.to.o.to no go.ni.n ka.zo.ku de.su

姉は結婚しているので、今は4人暮らしです。父は高校の英語教師で、母は専業主婦です。

a.ne wa ke.k.ko.n.shi.te i.ru no.de i.ma wa yo.ni.n gu.ra.shi de.su chi.chi wa ko.o.ko.o no e.e.go kyo.o.shi de ha.ha wa se.n.gyo.o shu.fu de.su

弟は高校3年生なので、毎日受験勉強に励んでいます。

o.to.o.to wa ko.o.ko.o sa.n.ne.n.se.e na no.de ma.i.ni.chi ju.ke.n be.n.kyo.o ni ha.ge.n.de i.ma.su

家族はとても仲良しで、いっしょに旅行することも多いです。

ka.zo.ku wa to.te.mo na.ka.yo.shi de i.s.sho ni ryo.ko.o.su.ru ko.to mo o.o.i de.su

みんなで日本に行ったこともあります。

mi.n.na de ni.ho.n ni i.t.ta ko.to mo a.ri.ma.su

面試官：請告訴（我們）有關吳先生您家人的事。

我：是的。家人有父母、姊姊、弟弟五個人。因為姊姊已經結婚了，所以目前四個人一起住。父親是高中的英文老師，母親是家庭主婦。弟弟因為是高中三年級，所以每天為應考努力唸書。家人的感情非常好，常常一起旅行。大家也一起去過日本。

01 邁進日商公司

日系企業に邁進

一定要聽得懂的一句話！

1. どうして日本語を勉強しようと思ったのですか。
do.o.shi.te ni.ho.n.go o be.n.kyo.o.shi.yo.o to o.mo.t.ta no de.su ka
為什麼當初想到要學日文？

2. ご両親について話してください。
go ryo.o.shi.n ni tsu.i.te ha.na.shi.te ku.da.sa.i
請說說有關您父母的事。

3. 日本語の能力を上達させるために、何かしていることがありますか。
ni.ho.n.go no no.o.ryo.ku o jo.o.ta.tsu.sa.se.ru ta.me ni na.ni ka shi.te i.ru ko.to ga a.ri.ma.su ka
為了讓日文能力更進步，有什麼正在努力做的事情嗎？

4. 自己ＰＲをしてください。
ji.ko pi.i.a.a.ru o shi.te ku.da.sa.i
請自我推薦。

5. 尊敬する人について話してください。
so.n.ke.e.su.ru hi.to ni tsu.i.te ha.na.shi.te ku.da.sa.i
請說說有關您所尊敬的人。

6. 前の会社で学んだことについて話してください。
ma.e no ka.i.sha de ma.na.n.da ko.to ni tsu.i.te ha.na.shi.te ku.da.sa.i
請說說您在之前的公司學到的事。

MP3 03

一定要說的一句話！

1. 初(はじ)めまして。

ha.ji.me.ma.shi.te

初次見面。

2. どうぞよろしくお願(ねが)いいたします。

do.o.zo yo.ro.shi.ku o ne.ga.i i.ta.shi.ma.su

請多多指教。

3. 失礼(しつれい)します。

shi.tsu.re.e.shi.ma.su

失禮了。

4. 体力(たいりょく)には自信(じしん)があります。

ta.i.ryo.ku ni wa ji.shi.n ga a.ri.ma.su

對體力很有自信。

5. 祖母(そぼ)と両親(りょうしん)、妹(いもうと)といっしょに住(す)んでいます。

so.bo to ryo.o.shi.n i.mo.o.to to i.s.sho ni su.n.de i.ma.su

和祖母、父母、妹妹一起住。

6. 両親(りょうしん)はわたしのやりたいことを応援(おうえん)してくれています。

ryo.o.shi.n wa wa.ta.shi no ya.ri.ta.i ko.to o o.o.e.n.shi.te ku.re.te i.ma.su

父母支持我想做的事。

3) 面試問答

面接官：　それでは、面接を始めます。お名前は？

me.n.se.tsu.ka.n so.re.de.wa me.n.se.tsu o ha.ji.me.ma.su o na.ma.e wa

面試官：那麼，開始面試。您的名字是？

わたし：　呉台昇です。

wa.ta.shi　u.u ta.i.she.n de.su

我：（我是）吳台昇。

面接官：　大学と学部を言ってください。

me.n.se.tsu.ka.n da.i.ga.ku to ga.ku.bu o i.t.te ku.da.sa.i

面試官：請說你的大學與學院。

わたし：　はい。城江大学、外国語学部日本語学科です。

wa.ta.shi　ha.i jo.o.ko.o da.i.ga.ku ga.i.ko.ku.go ga.ku.bu ni.ho.n.go ga.k.ka de.su

我：是的。是城江大學、外語學院日文系。

面接官：　どうして前の会社を辞めたのか、理由を教えてください。

me.n.se.tsu.ka.n do.o shi.te ma.e no ka.i.sha o ya.me.ta no ka ri.yu.u o o.shi.e.te ku.da.sa.i

面試官：為什麼離開前公司，請告訴我理由。

わたし：　はい。前(まえ)の会社(かいしゃ)に不満(ふまん)があったわけではありません。

wa.ta.shi　ha.i ma.e no ka.i.sha ni fu.ma.n ga a.t.ta wa.ke de wa a.ri.ma.se.n

ただ、仕事(しごと)に取(と)り組(く)むうちに、本当(ほんとう)にやりたいことを見(み)つけたからです。

ta.da shi.go.to ni to.ri.ku.mu u.chi ni ho.n.to.o ni ya.ri.ta.i ko.to o mi.tsu.ke.ta ka.ra de.su

我：是的。並不是因為對前公司有所不滿。只是，在工作的那段期間中，發現了自己真正想做的事情。

面接官(めんせつかん)：　そうですか。これで面接(めんせつ)は終(お)わりです。

me.n.se.tsu.ka.n　so.o de.su ka ko.re de me.n.se.tsu wa o.wa.ri de.su

面試官：這樣啊。到此面試結束。

わたし：　ありがとうございました。

wa.ta.shi　a.ri.ga.to.o go.za.i.ma.shi.ta

我：謝謝您。

01 邁進日商公司

日系企業に邁進

▶▶▶

一定要聽得懂的一句話！

1. ご家族は何人ですか。
go ka.zo.ku wa na.n.ni.n de.su ka
您家族成員有幾個人呢？

2. どのような仕事の経験がありますか。
do.no yo.o.na shi.go.to no ke.e.ke.n ga a.ri.ma.su ka
您有什麼樣的工作經驗呢？

3. 何でこの仕事に応募しようと思ったのですか。
na.n de ko.no shi.go.to ni o.o.bo.shi.yo.o to o.mo.t.ta no de.su ka
為什麼想應徵這份工作呢？

4. あなたの長所と短所は何ですか。
a.na.ta no cho.o.sho to ta.n.sho wa na.n de.su ka
您的優點和缺點是什麼呢？

5. 給料はどのくらいを希望されますか。
kyu.u.ryo.o wa do.no ku.ra.i o ki.bo.o.sa.re.ma.su ka
您希望待遇大約是多少呢？

6. ご質問はありますか。
go shi.tsu.mo.n wa a.ri.ma.su ka
有什麼要問的嗎？

一定要說的一句話！

1. 短所は物事に熱中しすぎてしまうところです。
ta.n.sho wa mo.no.go.to ni ne.c.chu.u.shi.su.gi.te shi.ma.u to.ko.ro de.su
缺點是對事情會太過熱中。

2. 日本語を生かせる仕事をしたいと思って、前の会社を辞めました。
ni.ho.n.go o i.ka.se.ru shi.go.to o shi.ta.i to o.mo.t.te ma.e no ka.i.sha o ya.me.ma.shi.ta
我離開前公司是因為想從事能活用日文的工作。

3. ビジネス会話はまだ勉強中ですが、日常会話には問題ありません。
bi.ji.ne.su ka.i.wa wa ma.da be.n.kyo.o chu.u de.su ga ni.chi.jo.o ka.i.wa ni wa mo.n.da.i a.ri.ma.se.n
雖然商用會話還在學習中，但日常會話沒問題。

4. 研究開発に携わりたいです。
ke.n.kyu.u ka.i.ha.tsu ni ta.zu.sa.wa.ri.ta.i de.su
我想從事研究開發工作。

5. 日本語能力試験Ｎ１の資格を持っています。
ni.ho.n.go.no.o.ryo.ku.shi.ke.n e.nu.wa.n no shi.ka.ku o mo.t.te i.ma.su
我有日本語能力測驗N1的資格。

6. プレッシャーには強いほうですし、体力にも自信があります。
pu.re.s.sha.a ni wa tsu.yo.i ho.o de.su shi ta.i.ryo.ku ni mo ji.shi.n ga a.ri.ma.su
我很能承受壓力，對體力也很有自信。

4) 錄取通知

わたし： wa.ta.shi	もしもし。 mo.shi.mo.shi	我：喂。
担当者： ta.n.to.o.sha	もしもし、日の丸商事、人事の鈴木と申しますが、呉台昇さんでいらっしゃいますか。 mo.shi.mo.shi hi.no.ma.ru sho.o.ji ji.n.ji no su.zu.ki to mo.o.shi.ma.su ga u.u ta.i.she.n sa.n de i.ra.s.sha.i.ma.su ka	負責人：喂，我是日丸商事、人事部的鈴木，您是吳台昇先生嗎？
わたし： wa.ta.shi	はい、そうです。 ha.i so.o de.su	我：是，沒錯。
担当者： ta.n.to.o.sha	採用が決まりましたので、そのお知らせに参りました。おめでとうございます。 sa.i.yo.o ga ki.ma.ri.ma.shi.ta no.de so.no o shi.ra.se ni ma.i.ri.ma.shi.ta o.me.de.to.o go.za.i.ma.su	負責人：因為決定錄取您，所以來電通知。恭喜您。
わたし： wa.ta.shi	ありがとうございます。 a.ri.ga.to.o go.za.i.ma.su	我：謝謝您。

担当者（たんとうしゃ）：	つきましては、来月（らいげつ）から会社（かいしゃ）に来（き）ていただきたいのですが、いかがでしょうか。	負責人：為此，希望您從下個月開始來上班，如何呢？
ta.n.to.o.sha	tsu.ki.ma.shi.te.wa ra.i.ge.tsu ka.ra ka.i.sha ni ki.te i.ta.da.ki.ta.i no de.su ga i.ka.ga de.sho.o ka	
わたし：	はい、もちろんだいじょうぶです。どうぞよろしくお願（ねが）いいたします。	我：好的，當然沒問題。請多多指教。
wa.ta.shi	ha.i mo.chi.ro.n da.i.jo.o.bu de.su do.o.zo yo.ro.shi.ku o ne.ga.i i.ta.shi.ma.su	

01 邁進日商公司

日系企業に邁進

▶▶▶

一定要聽得懂的一句話！

1. 採用されました。
sa.i.yo.o.sa.re.ma.shi.ta
你被錄取了。

2. 身分証明書と印鑑を持参してください。
mi.bu.n.sho.o.me.e.sho to i.n.ka.n o ji.sa.n.shi.te ku.da.sa.i
請攜帶身分證與印章。

3. 明日の朝9時に人事部に来てください。
a.shi.ta no a.sa ku.ji ni ji.n.ji.bu ni ki.te ku.da.sa.i
請明天早上九點來人事部。

4. 来週の水曜日までにご返事ください。
ra.i.shu.u no su.i.yo.o.bi ma.de ni go he.n.ji ku.da.sa.i
請在下禮拜三前回覆。

5. 給与振込用の銀行口座を開いておいてください。
kyu.u.yo fu.ri.ko.mi yo.o no gi.n.ko.o ko.o.za o hi.ra.i.te o.i.te ku.da.sa.i
請去開好薪資匯款用的銀行帳戶。

6. 分からないことがありましたら、いつでもお電話ください。
wa.ka.ra.na.i ko.to ga a.ri.ma.shi.ta.ra i.tsu.de.mo o de.n.wa ku.da.sa.i
如果有不懂的地方，請隨時打電話給我。

一定要說的一句話！

1. 本当（ほんとう）にうれしいです。

ho.n.to.o ni u.re.shi.i de.su

真的很高興。

2. たいへん光栄（こうえい）です。

ta.i.he.n ko.o.e.e de.su

非常榮幸。

3. 最初（さいしょ）の日（ひ）は何（なに）を持参（じさん）していったらいいですか。

sa.i.sho no hi wa na.ni o ji.sa.n.shi.te i.t.ta.ra i.i de.su ka

第一天需要帶什麼去好呢？

4. いろいろお世話（せわ）になります。

i.ro.i.ro o se.wa ni na.ri.ma.su

請您多多關照。

5. 事前（じぜん）に健康診断（けんこうしんだん）をしておく必要（ひつよう）がありますか。

ji.ze.n ni ke.n.ko.o shi.n.da.n o shi.te o.ku hi.tsu.yo.o ga a.ri.ma.su ka

有必要做事前的健康檢查嗎？

6. 不慣（ふな）れでご迷惑（めいわく）をおかけするかもしれませんが、ご指導（しどう）のほどよろしくお願（ねが）いいたします。

fu.na.re de go me.e.wa.ku o o ka.ke su.ru ka.mo.shi.re.ma.se.n ga go shi.do.o no ho.do yo.ro.shi.ku o ne.ga.i i.ta.shi.ma.su

或許因為不習慣會給大家添麻煩，但是請惠予指導。

提升面試時 給人好印象的祕訣

面試時，有時候我們會對某個人有很深的印象，但有時候卻又沒什麼感覺。一般來說，比較容易讓人產生印象的，是在面試一開始和最後的時刻。所以在那個時候，要特別注意給人好的印象。

在華盛頓和慶應這二所大學所進行的研究中發現，面試的錄取與否，在適不適任、有無經驗、好印象、專業技能等挑選條件中，能否給人好的印象佔最大的關鍵。而這對於重視專業技能的美國及日本來說，此項研究結果是令人意外的。也就是說，面試的錄取與否取決於人的判斷，可見能否給人好的印象是多麼的重要。

那麼，要如何才能提升自己給人的好印象呢？乾淨整潔的外表固然重要，但鄭重的打招呼和笑容才是首要。而且回答問題時，必須直視面試官的雙眼。如遇到答不出的問題時，要誠實地回答「すみません。分（わ）かりません」（抱歉，我不知道）。若是不懂而硬是說謊搪塞，必定會被面試官給識破。最重要的是，要用誠實的態度來讓面試官對自己做出評價。此外，被問到「どうして」（為什麼）的時候，可多舉一些具體的經驗來回答，這會讓人印象深刻。因為沒有重點的長篇大論，對面試官來說是件痛苦的事，而且在這講求思考法則的職場裡，這樣的人會被認為無法做出明智的判斷、無法對公司有所貢獻。因此，開口說話前，先舉出像「理由（りゆう）は2（ふた）つあります」（理由有二）等具體的實例，簡潔地對答，第一印象也會加分。

最後，緊張是必然的，有自信的態度才是首要。除此之外，也不要忘了要表現出非進這家公司不可的決心喔！

02 就任新職

上班第一天該如何用日文做自我介紹？日本公司裡有哪些職位？本單元除了讓您簡單了解日商公司的組織，還要告訴您日本人為什麼都是「外貌協會」！

02 就任新職

就職

1）上班第一天的打招呼

課長：みなさん、こちらが今日から仲間になる呉さんです。

ka.cho.o mi.na sa.n ko.chi.ra ga kyo.o ka.ra na.ka.ma ni na.ru u.u sa.n de.su

課長：各位同仁，這位是從今天開始成為我們一員的吳先生。

わたし：はじめまして。呉台昇と申します。どうぞよろしくお願いします。

wa.ta.shi ha.ji.me.ma.shi.te u.u ta.i.she.n to mo.o.shi.ma.su do.o.zo yo.ro.shi.ku o ne.ga.i shi.ma.su

我：初次見面。我是吳台昇。請多多指教。

課長：簡単に自己紹介してくれるかな。

ka.cho.o ka.n.ta.n ni ji.ko.sho.o.ka.i.shi.te ku.re.ru ka.na

課長：可以簡單向大家自我介紹嗎？

わたし：はい。わたしは小さい頃から日本のアニメや漫画が好きだったので、日本語を勉強し始めました。

wa.ta.shi ha.i wa.ta.shi wa chi.i.sa.i ko.ro ka.ra ni.ho.n no a.ni.me ya ma.n.ga ga su.ki.da.t.ta no.de ni.ho.n.go o be.n.kyo.o.shi ha.ji.me.ma.shi.ta

大学も日本語学科に進み、いつか日本語を使って仕事をしたいという夢をもつようになりました。

我：好的。因為我從小喜歡日本的動畫或漫畫，所以開始學日文。大學也唸日文系，開始有了希望有朝一日可以用日文工作的夢想。這次美夢成真，能夠和各位共事。因為非常高興，昨晚幾乎無法

da.i.ga.ku mo ni.ho.n.go ga.k.ka ni su.su.mi i.tsu.ka ni.ho.n.go o tsu.ka.t.te shi.go.to o shi.ta.i to i.u yu.me o mo.tsu yo.o ni na.ri.ma.shi.ta

今回夢(こんかいゆめ)が叶(かな)い、みなさんといっしょに仕事(しごと)をさせていただくことになりました。

ko.n.ka.i yu.me ga ka.na.i mi.na sa.n to i.s.sho ni shi.go.to o sa.se.te i.ta.da.ku ko.to ni na.ri.ma.shi.ta

とてもうれしくて、昨夜(さくや)はほとんど眠(ねむ)れませんでした。

to.te.mo u.re.shi.ku.te sa.ku.ya wa ho.to.n.do ne.mu.re.ma.se.n.de.shi.ta

分(わ)からないことばかりですが、がんばりますのでよろしくお願(ねが)いします。

wa.ka.ra.na.i ko.to ba.ka.ri de.su ga ga.n.ba.ri.ma.su no.de yo.ro.shi.ku o ne.ga.i shi.ma.su

入眠。雖然有很多不懂的地方，但我會加油，請多指教。

課長(かちょう)：　心配(しんぱい)はいらないよ。分(わ)からないことがあったら、何(なん)でも遠慮(えんりょ)しないで聞(き)きなさい。

ka.cho.o　shi.n.pa.i wa i.ra.na.i yo wa.ka.ra.na.i ko.to ga a.t.ta.ra na.n de.mo e.n.ryo.shi.na.i.de ki.ki.na.sa.i

課長：不用擔心喔。如果有不懂的事，別客氣什麼事都儘管問。

わたし：　はい、ありがとうございます。

wa.ta.shi　ha.i a.ri.ga.to.o go.za.i.ma.su

我：好的，謝謝您。

02 就任新職

就職（しゅうしょく）

一定要聽得懂的一句話！

1. あいさつをしてください。
a.i.sa.tsu o shi.te ku.da.sa.i
請（跟大家）打招呼。

2. こちらが営業部（えいぎょうぶ）です。
ko.chi.ra ga e.e.gyo.o.bu de.su
這裡是營業部。

3. 彼女（かのじょ）が今日（きょう）から着任（ちゃくにん）することになった王（ワン）さんです。
ka.no.jo ga kyo.o ka.ra cha.ku.ni.n.su.ru ko.to ni na.t.ta wa.n sa.n de.su
她是今天開始上班的王小姐。

4. このフォームに必要事項（ひつようじこう）を記入（きにゅう）してください。
ko.no fo.o.mu ni hi.tsu.yo.o ji.ko.o o ki.nyu.u.shi.te ku.da.sa.i
請填一下這表格的必要事項。

5. 鈴木（すずき）さん、呉（ウー）さんを連（つ）れて社内（しゃない）を案内（あんない）してくれる？
su.zu.ki sa.n u.u sa.n o tsu.re.te sha.na.i o a.n.na.i.shi.te ku.re.ru
鈴木小姐，可以幫我帶吳先生介紹一下公司內部嗎？

6. こちらが林（リン）さんのデスクです。
ko.chi.ra ga ri.n sa.n no de.su.ku de.su
這裡是林先生的辦公桌。

▶▶▶

一定要說的一句話！

1. ご指導のほど、よろしくお願いします。

go shi.do.o no ho.do yo.ro.shi.ku o ne.ga.i shi.ma.su

請多多給予指導。

2. みなさんといっしょに仕事ができて、たいへんうれしいです。

mi.na.sa.n to i.s.sho ni shi.go.to ga de.ki.te ta.i.he.n u.re.shi.i de.su

能夠和各位共事，非常高興。

3. 日本語はあまり上手ではありません。

ni.ho.n.go wa a.ma.ri jo.o.zu de wa a.ri.ma.se.n

日文還不夠好。

4. このフォームは誰に渡せばいいですか。

ko.no fo.o.mu wa da.re ni wa.ta.se.ba i.i de.su ka

這份表格，要交給誰好呢？

5. 質問があるんですが……。

shi.tsu.mo.n ga a.ru n de.su ga

（我）有疑問……。

6. トイレはどこですか。

to.i.re wa do.ko de.su ka

洗手間在哪裡呢？

2) 公司職稱

課長：　わたしは課長の藤田です。席が近いから、分からないことがあったら遠慮しないで聞いてね。

ka.cho.o　wa.ta.shi wa ka.cho.o no fu.ji.ta de.su se.ki ga chi.ka.i ka.ra wa.ka.ra.na.i ko.to ga a.t.ta.ra e.n.ryo.shi.na.i.de ki.i.te ne

課長：我是課長藤田。因為位子很近，所以如果有什麼不懂的事，別客氣問我唷。

わたし：　はい。よろしくお願いします。

wa.ta.shi　ha.i yo.ro.shi.ku o ne.ga.i shi.ma.su

我：好的。請多多指教。

課長：　ちょっとこの写真、見てくれるかな。社内の人間を紹介するから。

ka.cho.o　cho.t.to ko.no sha.shi.n mi.te ku.re.ru ka.na sha.na.i no ni.n.ge.n o sho.o.ka.i.su.ru ka.ra

これが伊東社長で、そのとなりにいる可愛い子が秘書の岡本くん。

ko.re ga i.to.o sha.cho.o de so.no to.na.ri ni i.ru ka.wa.i.i ko ga hi.sho no o.ka.mo.to ku.n

これが遠藤専務で、これが杉山部長。一番後ろにいるこの背の高いのが、係長の木村ね。

課長：可以看一下這張照片嗎？我來介紹公司內部的人。這是伊東社長，他旁邊可愛的人是祕書岡本小姐。這是遠藤專務董事，這是杉山部長。最後面這位高個子的，是股長木村。然後，這是說好要照顧你的清水小姐。就是在影印機前面的那個女

MP3 10

ko.re ga e.n.do.o se.n.mu de ko.re ga su.gi.ya.ma bu.cho.o i.chi.ba.n u.shi.ro ni i.ru ko.no se no ta.ka.i no ga ka.ka.ri.cho.o no ki.mu.ra ne

それと、これがあなたの面倒（めんどう）を見（み）てくれることになってる清水（しみず）くん。

so.re.to ko.re ga a.na.ta no me.n.do.o o mi.te ku.re.ru ko.to ni na.t.te.ru shi.mi.zu ku.n

コピー機（き）の前（まえ）にいるあの女性（じょせい）ね。たくさんいるから、ゆっくり覚（おぼ）えていけばいいよ。

ko.pi.i.ki no ma.e ni i.ru a.no jo.se.e ne ta.ku.sa.n i.ru ka.ra yu.k.ku.ri o.bo.e.te i.ke.ba i.i yo

生。因為有很多（人），所以慢慢記起來就好唷。

わたし：はい、分（わ）かりました。あっ、このきれいな女性（じょせい）は？

wa.ta.shi ha.i wa.ka.ri.ma.shi.ta a.t ko.no ki.re.e.na jo.se.e wa

我：是，知道了。啊，這位漂亮的女生呢？

課長（かちょう）：目敏（めざと）いな。彼女（かのじょ）は社長（しゃちょう）の娘（むすめ）さん。もう結婚相手（けっこんあいて）がいるから、チャンスはないと思（おも）うけど……（笑（わら）い）。

ka.cho.o me.za.to.i na ka.no.jo wa sha.cho.o no mu.su.me sa.n mo.o ke.k.ko.n a.i.te ga i.ru ka.ra cha.n.su wa na.i to o.mo.u ke.do wa.ra.i

課長：（你）眼睛真利啊！她是社長的女兒。因為已經有結婚對象，所以我想可能沒機會……（笑）。

わたし：すみません。そんなつもりじゃ……。

wa.ta.shi su.mi.ma.se.n so.n.na tsu.mo.ri ja

我：不好意思。沒那樣的意思啦……。

02 就任新職

就職（しゅうしょく）

一定要聽得懂的一句話！

1. あそこにいるのが人事部（じんじぶ）の課長（かちょう）、横山（よこやま）さん。

a.so.ko ni i.ru no ga ji.n.ji.bu no ka.cho.o yo.ko.ya.ma sa.n

在那邊的是人事部的課長，橫山先生。

2. これから社長室（しゃちょうしつ）に連（つ）れていくよ。

ko.re.ka.ra sha.cho.o.shi.tsu ni tsu.re.te i.ku yo

接下來帶你去社長的辦公室喔。

3. 名刺（めいし）は秘書（ひしょ）の岡本（おかもと）くんが準備（じゅんび）してくれることになってる。

me.e.shi wa hi.sho no o.ka.mo.to ku.n ga ju.n.bi.shi.te ku.re.ru ko.to ni na.t.te.ru

名片說好請祕書岡本小姐幫你準備。

4. 廊下（ろうか）の右（みぎ）に立（た）ってるのが広報部（こうほうぶ）の吉田（よしだ）部長（ぶちょう）。

ro.o.ka no mi.gi ni ta.t.te.ru no ga ko.o.ho.o.bu no yo.shi.da bu.cho.o

站在走廊右邊的是宣傳部的吉田部長。

5. 専務（せんむ）はいつも怖（こわ）い顔（かお）してるけど、根（ね）は優（やさ）しいから心配（しんぱい）しないで。

se.n.mu wa i.tsu.mo ko.wa.i ka.o shi.te.ru ke.do ne wa ya.sa.shi.i ka.ra shi.n.pa.i.shi.na.i.de

雖然專務董事經常一副可怕的臉，但心地善良，別擔心。

6. あの銅像（どうぞう）は元会長（もとかいちょう）の尾崎（おざき）さん。もう亡（な）くなっちゃったんだけどね。

a.no do.o.zo.o wa mo.to ka.i.cho.o no o.za.ki sa.n mo.o na.ku.na.c.cha.t.ta n da.ke.do ne

那個銅像是前會長尾崎先生。但是已經過世了喔。

MP3 11

一定要說的一句話！

1. わたしは係長の蔡です。

wa.ta.shi wa ka.ka.ri.cho.o no tsa.i de.su

我是股長，姓蔡。

2. 先月、部長になったばかりです。

se.n.ge.tsu bu.cho.o ni na.t.ta ba.ka.ri de.su

上個月，才剛擔任部長。

3. 課長の息子さんはアメリカに住んでいるそうです。

ka.cho.o no mu.su.ko sa.n wa a.me.ri.ka ni su.n.de i.ru so.o de.su

聽說課長的兒子住在美國。

4. 秘書の岡本さんっておしゃれですね。

hi.sho no o.ka.mo.to sa.n t.te o.sha.re de.su ne

祕書岡本小姐很時髦喔。

5. 課長は今日お休みですか。

ka.cho.o wa kyo.o o ya.su.mi de.su ka

課長今天休假嗎？

6. 上司の顔がまだ覚えられません。

jo.o.shi no ka.o ga ma.da o.bo.e.ra.re.ma.se.n

還記不住上司的臉。

日本人為什麼是「外貌協會」？
談談日本人的服裝儀容

為了獲得面試官的好印象，穿著「リクルートファッション」（求職裝扮）的套裝參加企業徵才活動，是可以理解的。但是許多外國人似乎無法想像，日本男性在炎炎夏日，即使全身是汗，為什麼還是穿著西裝工作。而且女性也是穿著套裝，或是襯衫搭配窄裙、外套的裝扮，施以美麗的彩妝，穿著高跟鞋上班。的確，重視第一印象，在日本人的社會來說，是一種常識。但為何日本人會非常在意服裝呢？難道日本人是人人皆對流行感興趣、時尚的國民嗎？

其實不然。各位應該有聽過「身（み）だしなみ」（外表）這個單字吧！這是日本人經常使用的詞彙，字典裡的註釋寫著「留心身邊周遭的事物。整理好頭髮或衣服，鄭重的措辭和態度」。這裡解釋的意思是，服裝指的不僅是外在的形式，甚至還包含語言和態度。而那正是表達對對方懷有敬意的一種態度。也就是說，我們可以發現到日本男性穿著西裝，女性也穿著相對應的服裝、化妝、讓自己漂漂亮亮的裝扮，這些並不單單只是為了追求時尚而已。總而言之，內在影響外在。也就是如此，日本人才會非常在意服裝。

在台灣，雖然大家對外表也越來越重視，人人穿著時髦、化美美的妝去上班，已變得不是什麼特別的事了，不過如果您是在日商和日本人共事的話，也請試著不要單單只是為了自己的時髦而打扮，也試試存著對他人的一種敬意來整理外表，如何呢？藉由此事，或許可以從中學習到一些事情呢！

電話

電話溝通是工作中非常重要的一環。本單元設定「接聽」、「留言」、「預約」、「請假」、「打錯電話」等等場景，教您一套完整、正確、又有禮貌的電話接聽術！

03 電話

電話（でんわ）

▶▶▶

1）接聽電話

わたし：　はい、日（ひ）の丸商事（まるしょうじ）でございます。

wa.ta.shi　ha.i hi.no.ma.ru sho.o.ji de go.za.i.ma.su

我：你好，這裡是日丸商事。

取引先（とりひきさき）：　東方印刷（とうほういんさつ）の東野（ひがしの）と申（もう）します。恐（おそ）れ入（い）りますが、藤田課長（ふじたかちょう）はいらっしゃいますでしょうか。

to.ri.hi.ki.sa.ki to.o.ho.o i.n.sa.tsu no hi.ga.shi.no to mo.o.shi.ma.su o.so.re.i.ri.ma.su ga fu.ji.ta ka.cho.o wa i.ra.s.sha.i.ma.su de.sho.o ka

合作廠商：我是東方印刷的東野。不好意思，請問藤田課長在嗎？

わたし：　藤田（ふじた）でございますね。今（いま）、おつなぎしますので、そのまま切（き）らずにお待（ま）ちください。

wa.ta.shi　fu.ji.ta de go.za.i.ma.su ne i.ma o tsu.na.gi shi.ma.su no.de so.no.ma.ma ki.ra.zu ni o ma.chi ku.da.sa.i

我：藤田是吧。我現在為您轉接，請就這樣不要掛斷，稍候一下。

取引先（とりひきさき）：　はい。

to.ri.hi.ki.sa.ki ha.i

合作廠商：好的。

（藤田課長に取り次ぐ。）

fu.ji.ta ka.cho.o ni to.ri.tsu.gu

（轉接至藤田課長。）

藤田：　お電話代わりました。藤田でございます。

fu.ji.ta　o de.n.wa ka.wa.ri.ma.shi.ta fu.ji.ta de go.za.i.ma.su

藤田：電話接過來了。我是藤田。

取引先：　東方印刷の東野です。いつもお世話になっております。

to.ri.hi.ki.sa.ki　to.o.ho.o i.n.sa.tsu no hi.ga.shi.no de.su i.tsu.mo o se.wa ni na.t.te o.ri.ma.su

合作廠商：我是東方印刷的東野。常常受到您的照顧。

藤田：　ああ、東野さん。この間はどうも。

fu.ji.ta　a.a hi.ga.shi.no sa.n ko.no a.i.da wa do.o.mo

藤田：啊，是東野小姐。上次謝謝妳。

03 電話

電話（でんわ）

▶▶▶

一定要聽得懂的一句話！

1. 中央物産（ちゅうおうぶっさん）でございますか。
chu.u.o.o bu.s.sa.n de go.za.i.ma.su ka
這裡是中央物產。

2. 近藤（こんどう）さんの内線（ないせん）はいくつですか。
ko.n.do.o sa.n no na.i.se.n wa i.ku.tsu de.su ka
近藤小姐的分機是幾號呢？

3. 今（いま）、10分（じゅっぷん）くらいお話（はなし）してもだいじょうぶですか。
i.ma ju.p.pu.n ku.ra.i o ha.na.shi shi.te mo da.i.jo.o.bu de.su ka
現在聊十分鐘左右，沒問題嗎？

4. ちょっと雑音（ざつおん）がひどいんですが……。
cho.t.to za.tsu.o.n ga hi.do.i n de.su ga
雜音有點嚴重……。

5. そちらに人事（じんじ）の松本（まつもと）さんという方（かた）がいらっしゃいますか。
so.chi.ra ni ji.n.ji no ma.tsu.mo.to sa.n to i.u ka.ta ga i.ra.s.sha.i.ma.su ka
那裡有一位負責人事的松本先生嗎？

6. 経理部（けいりぶ）におつなぎいただけますか。
ke.e.ri.bu ni o tsu.na.gi i.ta.da.ke.ma.su ka
可以幫我轉接會計部嗎？

MP3 13

▶▶▶

一定要說的一句話！

1. はい、太田貿易、企画部でございます。

ha.i o.o.ta bo.o.e.ki ki.ka.ku.bu de go.za.i.ma.su

您好，（這裡是）太田貿易企劃部。

2. どのようなご用件でしょうか。

do.no yo.o.na go yo.o.ke.n de.sho.o ka

請問有什麼樣的事情呢？

3. 失礼ですが、どちら様ですか。

shi.tsu.re.e de.su ga do.chi.ra sa.ma de.su ka

不好意思，您是哪一位呢？

4. 聞こえにくいので、もう少し大きな声で話していただけますか。

ki.ko.e.ni.ku.i no.de mo.o su.ko.shi o.o.ki.na ko.e de ha.na.shi.te i.ta.da.ke.ma.su ka

因為聽不大清楚，可不可以再稍微大聲點說話呢？

5. ご無沙汰しております。

go bu.sa.ta shi.te o.ri.ma.su

好久不見。

6. その後、お体の調子はいかがですか。

so.no go o ka.ra.da no cho.o.shi wa i.ka.ga de.su ka

那之後，您身體狀況如何呢？

▶▶▶

2) 留言

取引先（とりひきさき）： 東京（とうきょう）デザインの奥山（おくやま）と申（もう）しますが、マーケティング部（ぶ）の方（かた）はいらっしゃいますか。

to.ri.hi.ki.sa.ki to.o.kyo.o de.za.i.n no o.ku.ya.ma to mo.o.shi.ma.su ga ma.a.ke.ti.n.gu.bu no ka.ta wa i.ra.s.sha.i.ma.su ka

合作廠商：我是東京設計的奧山，請問行銷部的人在嗎？

わたし： 申（もう）し訳（わけ）ございません。マーケティング部（ぶ）はただ今（いま）、重要（じゅうよう）な会議中（かいぎちゅう）なんです。

wa.ta.shi mo.o.shi.wa.ke go.za.i.ma.se.n ma.a.ke.ti.n.gu.bu wa ta.da.i.ma ju.u.yo.o.na ka.i.gi.chu.u na n de.su

お急（いそ）ぎでなければ、伝言（でんごん）を承（うけたまわ）りますが……。

o i.so.gi de na.ke.re.ba de.n.go.n o u.ke.ta.ma.wa.ri.ma.su ga

我：很抱歉。行銷部目前在開重要的會議。如果您不急，我幫您留言……。

取引先（とりひきさき）： そうですか。じゃあ、お願（ねが）いします。

to.ri.hi.ki.sa.ki so.o de.su ka ja.a o ne.ga.i shi.ma.su

合作廠商：是嗎？那麼，麻煩您。

わたし： どうぞ。

wa.ta.shi do.o.zo

我：請。

取引先(とりひきさき)：　先日(せんじつ)お話(はなし)されていた新商品(しんしょうひん)について社(しゃ)長(ちょう)がたいへん興味(きょうみ)を示(しめ)しまして、詳細(しょうさい)を伺(うかが)いたいそうなんです。

to.ri.hi.ki.sa.ki se.n.ji.tsu o ha.na.shi sa.re.te i.ta shi.n.sho.o.hi.n ni tsu.i.te sha.cho.o ga ta.i.he.n kyo.o.mi o shi.me.shi.ma.shi.te sho.o.sa.i o u.ka.ga.i.ta.i so.o na n de.su

それで、近(ちか)いうちに話(はな)し合(あ)いの場(ば)を持(も)ちたいと考(かんが)えているのですが……。

so.re.de chi.ka.i u.chi ni ha.na.shi.a.i no ba o mo.chi.ta.i to ka.n.ga.e.te i.ru no de.su ga

今日(きょう)は残業(ざんぎょう)で遅(おそ)くまで会社(かいしゃ)におりますので、よろしければお電話(でんわ)いただけますか。以上(いじょう)です。

kyo.o wa za.n.gyo.o de o.so.ku ma.de ka.i.sha ni o.ri.ma.su no.de yo.ro.shi.ke.re.ba o de.n.wa i.ta.da.ke.ma.su ka i.jo.o de.su

合作廠商：有關上次您們說的新商品，聽說（我們）社長表示非常有興趣，想知道詳細內容。因此，想說希望在近期之內找機會討論……。今天我因為加班會在公司待到很晚，所以可以的話，麻煩打電話給我。以上。

わたし： かしこまりました。
wa.ta.shi ka.shi.ko.ma.ri.ma.shi.ta

そちらの社長（しゃちょう）さんが新商品（しんしょうひん）にご興味（きょうみ）を示（しめ）されているので、話（はな）し合（あ）いの場（ば）を設（もう）けたいということと、遅（おそ）くてもいいので会社（かいしゃ）に電話（でんわ）してほしいということでよろしいでしょうか。
so.chi.ra no sha.cho.o sa.n ga shi.n.sho.o.hi.n ni go kyo.o.mi o shi.me.sa.re.te i.ru no.de ha.na.shi.a.i no ba o mo.o.ke.ta.i to i.u ko.to to o.so.ku.te mo i.i no.de ka.i.sha ni de.n.wa.shi.te ho.shi.i to i.u ko.to de yo.ro.shi.i de.sho.o ka

我：我知道了。因為您們的社長對新商品表示有興趣，所以希望有討論的機會，還有就算晚一點也沒關係，希望（我們）打到貴公司，這樣可以嗎？

MP3 14

取引先（とりひきさき）：　はい。

to.ri.hi.ki.sa.ki ha.i

わたし：　では、そのようにお伝（つた）えします。お電（でん）話（わ）ありがとうございました。

wa.ta.shi　de.wa so.no yo.o ni o tsu.ta.e shi.ma.su o de.n.wa a.ri.ga.to.o go.za.i.ma.shi.ta

合作廠商：是的。

我：那麼，我會照那樣（為您）傳達。謝謝您的來電。

03 電話

電話

▶▶▶

一定要聽得懂的一句話！

1. 社内で変更事項がありまして、伝言をお願いしたいのですが……。
sha.na.i de he.n.ko.o ji.ko.o ga a.ri.ma.shi.te de.n.go.n o o ne.ga.i shi.ta.i no de.su ga
我想請您幫我留言，說公司裡有要變更的事項……。

2. 午後 3 時に伺うとお伝えください。
go.go sa.n.ji ni u.ka.ga.u to o tsu.ta.e ku.da.sa.i
請幫我留言，說下午三點會去拜訪。

3. さきほどメールをお送りしましたので、至急チェックしていただくようお伝えください。
sa.ki ho.do me.e.ru o o o.ku.ri shi.ma.shi.ta no.de shi.kyu.u che.k.ku.shi.te i.ta.da.ku yo.o o tsu.ta.e ku.da.sa.i
請幫我留言，說我剛剛傳了E-mail，麻煩請緊急確認。

4. 須永商事の小林に連絡するようにお伝えください。
su.na.ga sho.o.ji no ko.ba.ya.shi ni re.n.ra.ku.su.ru yo.o ni o tsu.ta.e ku.da.sa.i
請幫我留言，說和須永商事的小林聯絡。

5. それじゃ、後でかけ直します。
so.re ja a.to de ka.ke.na.o.shi.ma.su
那麼，我晚點再撥。

6. 来月、出張でタイへ行くので、大塚部長の都合がつけばごいっしょにいかがでしょうかとお伝え願えますか。
ra.i.ge.tsu shu.c.cho.o de ta.i e i.ku no.de o.o.tsu.ka bu.cho.o no tsu.go.o ga tsu.ke.ba go i.s.sho ni i.ka.ga de.sho.o ka to o tsu.ta.e ne.ga.e.ma.su ka
請問可不可幫我留言，說由於我下個月要到泰國出差，如果大塚部長時間方便的話，要不要一起去呢？

MP3 15

一定要說的一句話！

1. ご用件(ようけん)をお伺(うかが)いします。

go yo.o.ke.n o o u.ka.ga.i shi.ma.su

請問有什麼事情呢？

2. 何(なに)かご用件(ようけん)はございますか。

na.ni ka go yo.o.ke.n wa go.za.i.ma.su ka

請問您有什麼事情嗎？

3. メッセージはございますか。

me.s.se.e.ji wa go.za.i.ma.su ka

您要留言嗎？

4. 失礼(しつれい)ですが、電話番号(でんわばんごう)をお願(ねが)いいたします。

shi.tsu.re.e de.su ga de.n.wa ba.n.go.o o o ne.ga.i i.ta.shi.ma.su

不好意思，麻煩給我電話號碼。

5. 鈴木(すずき)が戻(もど)りましたら、お電話(でんわ)さしあげるよう申(もう)し伝(つた)えます。

su.zu.ki ga mo.do.ri.ma.shi.ta.ra o de.n.wa sa.shi.a.ge.ru yo.o mo.o.shi tsu.ta.e.ma.su

鈴木一回來，我會轉告他，請他打電話給您。

6. すみません、太田(おおた)はただ今(いま)、席(せき)を外(はず)しておりますが……。

su.mi.ma.se.n o.o.ta wa ta.da.i.ma se.ki o ha.zu.shi.te o.ri.ma.su ga

不好意思，太田目前不在位子上……。

3）電話預約

店員（てんいん）：	懐石料理（かいせきりょうり）の「今井（いまい）」でございます。	店員：這裡是懷石料理「今井」。
te.n.i.n	ka.i.se.ki ryo.o.ri no i.ma.i de go.za.i.ma.su	
わたし：	来週（らいしゅう）の水曜日（すいようび）の夜（よる）７時（しちじ）に予約（よやく）をお願（ねが）いしたいんですが……。	我：我想預約下禮拜三的晚上七點……。
wa.ta.shi	ra.i.shu.u no su.i.yo.o.bi no yo.ru shi.chi.ji ni yo.ya.ku o o ne.ga.i shi.ta.i n de.su ga	
店員（てんいん）：	ありがとうございます。来週（らいしゅう）の水曜日（すいようび）ですと、１８日（じゅうはちにち）ですね。何名様（なんめいさま）でございますか。	店員：謝謝您。下禮拜三的話，是十八號對吧。請問是幾位呢？
te.n.i.n	a.ri.ga.to.o go.za.i.ma.su ra.i.shu.u no su.i.yo.o.bi de.su to ju.u.ha.chi.ni.chi de.su ne na.n.me.e sa.ma de go.za.i.ma.su ka	
わたし：	１３人（じゅうさんにん）です。	我：十三位。
wa.ta.shi	ju.u.sa.n.ni.n de.su	

店員（てんいん）：　13名様（じゅうさんめいさま）でございますね。かしこまりました。

te.n.i.n　ju.u.sa.n.me.e sa.ma de go.za.i.ma.su ne ka.shi.ko.ma.ri.ma.shi.ta

8月18日（はちがつじゅうはちにち）の7時（しちじ）、13名様（じゅうさんめいさま）でよろしいでしょうか。

ha.chi.ga.tsu ju.u.ha.chi.ni.chi no shi.chi.ji ju.u.sa.n.me.e sa.ma de yo.ro.shi.i de.sho.o ka

店員：是十三位對吧？（我）知道了。八月十八日的七點，十三位可以嗎？

わたし：　はい。

wa.ta.shi　ha.i

我：是的。

店員（てんいん）：　お名前（なまえ）とお電話番号（でんわばんごう）をよろしいですか。

te.n.i.n　o na.ma.e to o de.n.wa ba.n.go.o o yo.ro.shi.i de.su ka

店員：能麻煩您給我大名與電話號碼嗎？

わたし：　日（ひ）の丸商事（まるしょうじ）の呉（ウー）です。電話番号（でんわばんごう）は0912-345-678（ゼロきゅういちに の さんよんご の ろくしちはち）です。

wa.ta.shi　hi.no.ma.ru sho.o.ji no u.u de.su de.n.wa ba.n.go.o wa ze.ro kyu.u i.chi ni no sa.n yo.n go no ro.ku shi.chi ha.chi de.su

我：我是日丸商事的吳。電話號碼是0912-345-678。

一定要聽得懂的一句話！

1. 何時ごろお見えになりますか。
na.n.ji go.ro o mi.e ni na.ri.ma.su ka
大概幾點與您碰面呢？

2. 何時ごろの便がよろしいでしょうか。
na.n.ji go.ro no bi.n ga yo.ro.shi.i de.sho.o ka
大概幾點的班機好呢？

3. １０時　４　８分の便がございますが、いかがでしょうか。
ju.u.ji yo.n.ju.u.ha.p.pu.n no bi.n ga go.za.i.ma.su ga i.ka.ga.de.sho.o ka
有十點四十八分的班機，如何呢？

4. それでは、お名前とご住所、お電話番号をどうぞ。
so.re.de.wa o na.ma.e to go ju.u.sho o de.n.wa ba.n.go.o o do.o.zo
那麼，請告訴我您的姓名、地址與電話號碼。

5. 携帯電話の番号をいただけますか。
ke.e.ta.i de.n.wa no ba.n.go.o o i.ta.da.ke.ma.su ka
可不可以給我您的手機號碼呢？

6. 予約番号をおっしゃってください。
yo.ya.ku ba.n.go.o o o.s.sha.t.te ku.da.sa.i
請告訴我您的預約號碼。

MP3 17

▶▶▶

一定要說的一句話！

1. 11時50分でお願いします。（じゅういちじごじゅっぷん／ねが）

ju.u.i.chi.ji go.ju.p.pu.n de o ne.ga.i shi.ma.su

十一點五十分，麻煩您了。

2. それでお願いします。（ねが）

so.re.de o ne.ga.i shi.ma.su

麻煩就訂那個。

3. 大阪行きの便を予約したいんですが……。（おおさかゆ／びん／よやく）

o.o.sa.ka yu.ki no bi.n o yo.ya.ku.shi.ta.i n de.su ga

我想預約往大阪的班機……。

4. ビジネスクラスを3席お願いします。（さんせき／ねが）

bi.ji.ne.su ku.ra.su o sa.n.se.ki o ne.ga.i shi.ma.su

麻煩您商務艙三個位子。

5. エコノミークラスでけっこうです。

e.ko.no.mi.i ku.ra.su de ke.k.ko.o de.su

經濟艙就好。

6. チケットの予約を変更したいんですが……。（よやく／へんこう）

chi.ke.t.to no yo.ya.ku o he.n.ko.o.shi.ta.i n de.su ga

我想更改預約的票……。

▶▶▶

4) 電話請假

わたし：	もしもし、呉（ウー）です。おはようございます。	我：喂，（我）是吳。早安。
wa.ta.shi	mo.shi.mo.shi u.u de.su o.ha.yo.o go.za.i.ma.su	
課長（かちょう）：	おはよう。	課長：早安。
ka.cho.o	o.ha.yo.o	
わたし：	じつは昨夜（さくや）から気分（きぶん）が悪（わる）くて、熱（ねつ）もあるんです。	我：其實是我從昨晚就開始不舒服，而且也有發燒。因此，今天想請假……。
wa.ta.shi	ji.tsu wa sa.ku.ya ka.ra ki.bu.n ga wa.ru.ku.te ne.tsu mo a.ru n de.su	
	それで、今日（きょう）は休（やす）ませていただきたいんですが……。	
	so.re.de kyo.o wa ya.su.ma.se.te i.ta.da.ki.ta.i n de.su ga	
課長（かちょう）：	それはたいへんだ。だいじょうぶ？	課長：那不得了。（你）沒事吧？
ka.cho.o	so.re wa ta.i.he.n da da.i.jo.o.bu	

わたし：　はい。さっき薬(くすり)を飲(の)んだので、休(やす)んだらよくなると思(おも)います。

wa.ta.shi　ha.i sa.k.ki ku.su.ri o no.n.da no.de ya.su.n.da.ra yo.ku na.ru to o.mo.i.ma.su

我：是的。因為剛吃了藥，所以我想休息一下就會好。

課長(かちょう)：　今日(きょう)は会議(かいぎ)もないし、それほど忙(いそが)しくもないから、心配(しんぱい)しないでゆっくり休(やす)みなさい。

ka.cho.o　kyo.o wa ka.i.gi mo na.i.shi so.re ho.do i.so.ga.shi.ku mo na.i ka.ra shi.n.pa.i.shi.na.i.de yu.k.ku.ri ya.su.mi.na.sa.i

風邪(かぜ)かもしれないね。お大事(だいじ)に。

ka.ze ka.mo.shi.re.na.i ne o da.i.ji ni

課長：今天既沒有會議，也沒那麼忙，所以不用擔心好好休息。有可能是感冒吧。多保重。

わたし：　はい。本当(ほんとう)にすみません。

wa.ta.shi　ha.i ho.n.to.o ni su.mi.ma.se.n

我：是。真的不好意思。

03 電話

電話（でんわ）

▶▶▶

一定要聽得懂的一句話！

1. 病院（びょういん）には行（い）きましたか。
byo.o.i.n ni wa i.ki.ma.shi.ta ka
去過醫院了嗎？

2. うちの会社（かいしゃ）は生理休暇（せいりきゅうか）があるのを知（し）ってますか。
u.chi no ka.i.sha wa se.e.ri kyu.u.ka ga a.ru no o shi.t.te.ma.su ka
（你）知道我們公司有生理假嗎？

3. どうしたんですか。
do.o shi.ta n de.su ka
發生什麼事了嗎？

4. 仕事（しごと）のことは心配（しんぱい）しないで。
shi.go.to no ko.to wa shi.n.pa.i.shi.na.i.de
不用擔心工作的事。

5. 無理（むり）しないで、ゆっくり休（やす）んでくださいね。
mu.ri.shi.na.i.de yu.k.ku.ri ya.su.n.de ku.da.sa.i ne
別勉強，請好好休息吧。

6. 自宅（じたく）でゆっくり休養（きゅうよう）してください。
ji.ta.ku de yu.k.ku.ri kyu.u.yo.o.shi.te ku.da.sa.i
請在家裡好好休養。

一定要說的一句話！

1. 出勤途中で交通事故に遭ってしまいました。

shu.k.ki.n to.chu.u de ko.o.tsu.u ji.ko ni a.t.te shi.ma.i.ma.shi.ta

上班途中出了車禍。

2. 午前中、病院に行きたいので、半日休ませていただいてもいいですか。

go.ze.n.chu.u byo.o.i.n ni i.ki.ta.i no.de ha.n.ni.chi ya.su.ma.se.te i.ta.da.i.te mo i.i de.su ka

因為早上想去醫院，所以可否請半天假呢？

3. 具合が悪いので、会社を休みたいんですが……。

gu.a.i ga wa.ru.i no.de ka.i.sha o ya.su.mi.ta.i n de.su ga

因為身體不舒服，想向公司請假……。

4. 昨夜、祖父が亡くなったんですが、忌引きが取れますか。

sa.ku.ya so.fu ga na.ku.na.t.ta n de.su ga ki.bi.ki ga to.re.ma.su ka

昨晚祖父過世了，可以請喪假嗎？

5. 母が緊急手術をすることになったので、今日、休暇をいただいてもいいですか。

ha.ha ga ki.n.kyu.u shu.ju.tsu o su.ru ko.to ni na.t.ta no.de kyo.o kyu.u.ka o i.ta.da.i.te mo i.i de.su ka

因為母親要緊急開刀，今天可以請休假嗎？

6. 電車の中で気分が悪くなってしまって病院に行きたいので、遅刻させていただいてもいいですか。

de.n.sha no na.ka de ki.bu.n ga wa.ru.ku na.t.te shi.ma.t.te byo.o.i.n ni i.ki.ta.i no.de chi.ko.ku.sa.se.te i.ta.da.i.te mo i.i de.su ka

因為在電車上感到不舒服而想去醫院，所以可以遲到嗎？

5) 打錯電話

わたし：	もしもし。日の丸商事の呉ですが、マーケティング部の山中さんをお願いします。	我：喂。我是日丸商事的吳，麻煩接行銷部的山中先生。
wa.ta.shi	mo.shi.mo.shi hi.no.ma.ru sho.o.ji no u.u de.su ga ma.a.ke.ti.n.gu.bu no ya.ma.na.ka sa.n o o ne.ga.i shi.ma.su	
相手：	山中ですか？そういった名前の者は、こちらにはおりませんが……。	對方：山中嗎？那樣名字的人，這裡沒有……。
a.i.te	ya.ma.na.ka de.su ka so.o i.t.ta na.ma.e no mo.no wa ko.chi.ra ni wa o.ri.ma.se.n ga	
わたし：	あれ？そちらは赤丸商事さんじゃありませんか。	我：咦？那邊不是赤丸商事嗎？
wa.ta.shi	a.re so.chi.ra wa a.ka.ma.ru sho.o.ji sa.n ja a.ri.ma.se.n ka	
相手：	いいえ、こちらは日日不動産ですけど……。	對方：不，這裡是日日不動產……。
a.i.te	i.i.e ko.chi.ra wa ni.chi.ni.chi fu.do.o.sa.n de.su ke.do	

わたし：	変だな。何度も確認したんだけど。	我：奇怪。確認過好幾次耶。不好意思，電話號碼不是8888-6868嗎？
wa.ta.shi	he.n.da na na.n.do mo ka.ku.ni.n.shi.ta n da.ke.do	
	すみません、電話番号は８８８８-６８６８じゃないですか。	
	su.mi.ma.se.n de.n.wa ba.n.go.o wa ha.chi ha.chi ha.chi ha.chi no ro.ku ha.chi ro.ku ha.chi ja na.i de.su ka	
相手：	ああ、かなり似てますね。こちらは８８８８-６８８６です。	對方：啊，滿像的耶。這裡是8888-6886。
a.i.te	a.a ka.na.ri ni.te.ma.su ne ko.chi.ra wa ha.chi ha.chi ha.chi ha.chi no ro.ku ha.chi ha.chi ro.ku de.su	
わたし：	そうでしたか。たいへん失礼いたしました。	我：原來是這樣。非常抱歉。
wa.ta.shi	so.o de.shi.ta ka ta.i.he.n shi.tsu.re.e i.ta.shi.ma.shi.ta	
相手：	いいえ。	對方：不會。
a.i.te	i.i.e	

03 電話

電話（でんわ）

▶▶▶

一定要聽得懂的一句話！

1. こちらに宮崎（みやざき）という者（もの）はおりませんが……。
ko.chi.ra ni mi.ya.za.ki to i.u mo.no wa o.ri.ma.se.n ga
這裡沒有叫宮崎的人……。

2. どちらにおかけですか。
do.chi.ra ni o ka.ke de.su ka
您要打到哪裡呢？

3. 間違（まちが）い電話（でんわ）じゃないですか。
ma.chi.ga.i de.n.wa ja na.i de.su ka
是不是打錯電話呢？

4. もう一度（いちど）おかけ直（なお）し願（ねが）えませんか。
mo.o i.chi.do o ka.ke na.o.shi ne.ga.e.ma.se.n ka
可以重新再撥一次嗎？

5. 電話番号（でんわばんごう）をご確認（かくにん）ください。
de.n.wa ba.n.go.o o go ka.ku.ni.n ku.da.sa.i
請確認電話號碼。

6. こちらは開発部（かいはつぶ）なので、そういったことは業務部（ぎょうむぶ）のほうにおかけください。
ko.chi.ra wa ka.i.ha.tsu.bu na no.de so.o i.t.ta ko.to wa gyo.o.mu.bu no ho.o ni o ka.ke ku.da.sa.i
因為這裡是開發部，所以那種事請打到業務部那裡。

一定要說的一句話！

1. ごめんなさい、間違(まちが)えました。
go.me.n.na.sa.i ma.chi.ga.e.ma.shi.ta
對不起，（打）錯了。

2. 秘書課(ひしょか)の進藤(しんどう)さんをお願(ねが)いします。
hi.sho.ka no shi.n.do.o sa.n o o ne.ga.i shi.ma.su
麻煩（接）祕書課的進藤小姐。

3. 申(もう)しわけありません。かけ間違(まちが)えました。
mo.o.shi.wa.ke a.ri.ma.se.n ka.ke ma.chi.ga.e.ma.shi.ta
非常抱歉。打錯電話了。

4. 失礼(しつれい)します。（電話(でんわ)を切(き)るときに言(い)う言葉(ことば)）
shi.tsu.re.e.shi.ma.su de.n.wa o ki.ru to.ki ni i.u ko.to.ba
再見。（掛電話時說的話）

5. 電話番号(でんわばんごう)が変更(へんこう)になったということはありませんか。
de.n.wa ba.n.go.o ga he.n.ko.o ni na.t.ta to i.u ko.to wa a.ri.ma.se.n ka
沒有電話號碼更改這回事嗎？

6. 恐(おそ)れ入(い)りますが、番号(ばんごう)をご確認(かくにん)になってからおかけ直(なお)しください。
o.so.re.i.ri.ma.su ga ba.n.go.o o go ka.ku.ni.n ni na.t.te ka.ra o ka.ke na.o.shi ku.
da.sa.i
不好意思，請確認號碼後再撥。

日本人在上班時間要關手機是真的嗎？

談談日本人的私人電話

或許很令人吃驚，但在日本職場裡使用手機，是有失禮儀的。當然傳簡訊也是不行的。有人問道：「那是因為會造成別人的困擾嗎？」雖然那也是原因之一，不過最大的原因則是在公司資訊管理上會產生問題。而其真正的理由就是為了防止機密外洩，因為有人可能利用手機上的相機功能將公司的機密文件拍照傳送出去。或許有人覺得太小題大作，但即使如此，堅持百分之百的安全，就是日本人做事的方法。當然，像業務員這種工作性質的人，使用手機的情況是不可避免的，此時據說公司會讓員工配有營業用手機，和個人手機做區隔。

在寫這篇文章前，我也曾再次地針對工作中手機的使用情況，向數名日本的上班族進行調查。大家異口同聲且理所當然地說：「絕對不能使用的啊！那是個人道德的問題。」對日本人而言，公司是個只有工作的地方。以專業而言，我們領公司給的薪水，所以百分之一百二十絕對不可將私事帶入職場。因此，不僅是手機，就連收發私人的電子郵件也絕不允許，這可以說是一種常識。

不過，雖說如此，有些事情也是跟著時代潮流在轉變。據說這些年，年輕人在職場中手機不離身的情況比比皆是。當然，沒有所謂絕對的規範，當沒規矩的人超過了大多數時，那時也就變成另一種規矩了。但是，職場裡如果有人對於使用手機這件事感到不舒服時（尤其是長輩），就必須顧慮對方的感受，發揮一下公德心。因此，與日本人共事時，首先不是先想到自己要怎麼做，而是要考慮到會造成對方什麼樣的影響。

04 商用書信

不會用日文寫「E-mail」、「FAX」，怎麼在日商公司上班？另外，寫「商用賀年卡」、「季節問候卡」，也是工作的一環！請跟著本單元好好學習，練就一身撰寫日文書信的好功力吧！

04 商用書信

ビジネス文書(ぶんしょ)

1）E-mail 的寫法（範本）

ファイル（F） 編集（E） 表示（V） 挿入（I） 書式（O） ツール（T） アクション（A） ヘルプ（H）

新增郵件

送信（S）

宛先：rekoma@nichinichi-shoji.com.tw

CC(C)：

件名 (J)：商品発送のお知らせ

本間　玲子様

いつもお世話になっております。
日の丸商事の呉です。

先日ご注文いただいたプレートですが、昨日、午後 2 時の航空便で発送いたしました。

3、4 日で届くということですから、貴社へは 23 日前後に到着すると思います。
詳細は以下となっています。ご確認のほど、よろしくお願いいたします。
ご不明な点がございましたら、こちらのメールまでご連絡ください。

商品名：プレート
数量：30 枚
発送番号：230-0000-21

社名：日の丸商事　業務部
名前：呉台昇
E-mail：taishenwu@hinomaru-japan.com.tw
住所：106 台北市安心路一段 114 号 9 階

1) E-mail 的寫法（中文翻譯）

檔案（F） 編輯（E） 檢視（V） 插入（I） 格式（O） 工具（T） 執行（A） 說明（H）

新增郵件

傳送（S）

收件者：rekoma@nichinichi-shoji.com.tw

副本 (C)：

主旨 (J)：商品寄送的通知

本間　玲子小姐

一直承蒙您的照顧。
我是日丸商事的吳。

有關您上次訂購的鐵片，已在昨天下午二點用空運寄送了。據說三、四天就會送到，所以我想二十三日左右就會送達貴公司。詳細如下。麻煩您確認。如果有不清楚的地方，請回信到這個 E-mail。

商品名稱：鐵片
數量：30 片
寄送編號：230-0000-21

公司名稱：日丸商事　業務部
名字：吳台昇
E-mail：taishenwu@hinomaru-japan.com.tw
地址：106 台北市安心路一段 114 號 9 樓

04 商用書信
ビジネス文書

1) E-mail 的寫法（加標音）

ファイル（F）　編集（E）　表示（V）　挿入（I）　書式（O）　ツール（T）　アクション（A）　ヘルプ（H）

新增郵件

送信 (S)

宛先：rekoma@nichinichi-shoji.com.tw

CC(C):

件名 (J)：商品発送のお知らせ

本間　玲子様

いつもお世話になっております。
日の丸商事の呉です。

先日ご注文いただいたプレートですが、昨日、午後2時の航空便で発送いたしました。

3、4日で届くということですから、貴社へは2 3日前後に到着すると思います。
詳細は以下となっています。ご確認のほど、よろしくお願いいたします。
ご不明な点がございましたら、こちらのメールまでご連絡ください。

ファイル（F） 編集（E） 表示（V） 挿入（I） 書式（O） ツール（T） アクション（A） ヘルプ（H）

新增郵件

送信 (S)

宛先：

CC(C)：

件名 (J)：

商品名：プレート

数量：３０枚

発送番号：230-0000-21

社名：日の丸商事　業務部

名前：呉台昇

E-mail：taishenwu@hinomaru-japan.com.tw

住所：106 台北市安心路一段１１４号９階

04 商用書信

ビジネス文書

▶▶▶

一定要看得懂的一句話！

1. ご注文いただきましたお品について、メールいたしました。
go chu.u.mo.n i.ta.da.ki.ma.shi.ta o shi.na ni tsu.i.te me.e.ru i.ta.shi.ma.shi.ta
關於您訂購的商品，我寫 E-mail 給您。

2. 当日の詳細を以下にまとめましたので、ご確認ください。
to.o.ji.tsu no sho.o.sa.i o i.ka ni ma.to.me.ma.shi.ta no.de go ka.ku.ni.n ku.da.sa.i
當天的細節整理如下，所以請確認。

3. 担当者転勤のごあいさつ。
ta.n.to.o.sha te.n.ki.n no go a.i.sa.tsu
負責人調職的問候。

4. 前任者同様、今後ともよろしくお願いいたします。
ze.n.ni.n.sha do.o.yo.o ko.n.go to mo yo.ro.shi.ku o ne.ga.i i.ta.shi.ma.su
與前一位負責人一樣，今後也麻煩您多多關照。

5. ご不明な点がございましたら、ご連絡ください。
go fu.me.e.na te.n ga go.za.i.ma.shi.ta.ra go re.n.ra.ku ku.da.sa.i
如果有不清楚的地方，請（跟我）聯絡。

6. お問い合わせいただきました資料は、金曜日までにお送りいたします。
o to.i.a.wa.se i.ta.da.ki.ma.shi.ta shi.ryo.o wa ki.n.yo.o.bi ma.de ni o o.ku.ri i.ta.shi.ma.su
您所詢問的資料，將於星期五前送達。

一定要寫的一句話！

1. いつもお世話(せわ)になっております。

i.tsu.mo o se.wa ni na.t.te o.ri.ma.su

一直承蒙您的照顧。

2. ご指導(しどう)、ご鞭撻(べんたつ)のほど、よろしくお願(ねが)いいたします。

go shi.do.o go be.n.ta.tsu no ho.do yo.ro.shi.ku o ne.ga.i i.ta.shi.ma.su

煩請給予指導與鞭策。

3. ホテルの予約(よやく)についてのお知(し)らせ。

ho.te.ru no yo.ya.ku ni tsu.i.te no o shi.ra.se

有關預約飯店的通知。

4. 今後(こんご)、貴社(きしゃ)を担当(たんとう)することになりました王(ワン)と申(もう)します。

ko.n.go ki.sha o ta.n.to.o.su.ru ko.to ni na.ri.ma.shi.ta wa.n to mo.o.shi.ma.su

今後，我負責貴公司，敝姓王。

5. 何(なに)とぞよろしくお願(ねが)い申(もう)しあげます。

na.ni to.zo yo.ro.shi.ku o ne.ga.i mo.o.shi.a.ge.ma.su

萬事拜託請多關照。

6. ご到着(とうちゃく)を心(こころ)よりお待(ま)ち申(もう)し上(あ)げております。

go to.o.cha.ku o ko.ko.ro yo.ri o ma.chi mo.o.shi.a.ge.te o.ri.ma.su

衷心期盼您的到來。

2) FAX 的寫法（範本）

2013 年 12 月 13 日

お客様各位

株式会社ホワイト企画
広報部　白井由美子

住所変更のお知らせ

拝啓
　師走に入り、今年も残すところわずかとなりましたが、貴社ますますご発展のこととお喜び申し上げます。
　さて、弊社は 1 月から新宿のほうへ移転が決まりましたので、ご連絡させていただきます。それにともない住所や電話番号なども変更になりますが、そちらは決まり次第お知らせさせていただくつもりです。
　まずはご通知まで。

敬具

2) FAX 的寫法（中文翻譯）

2013 年 12 月 13 日

各位顧客

股份公司 WHITE 企劃
宣傳部　白井由美子

變更地址的通知

敬啟
　　進入十二月，今年也即將結束了，祝貴公司生意興隆。
　　另外，敝公司決定從一月開始搬遷到新宿，特此聯絡。隨著搬家，地址與電話號碼等等也將有所變更，該事預定確定後立即告知。
　　首先謹此通知。

謹具

2) FAX 的寫法（加標音）

2013年12月13日

お客様各位

株式会社ホワイト企画
広報部　白井由美子

住所変更のお知らせ

拝啓

　師走に入り、今年も残すところわずかとなりましたが、貴社ますますご発展のこととお喜び申し上げます。

　さて、弊社は1月から新宿のほうへ移転が決まりましたので、ご連絡させていただきます。それにともない住所や電話番号なども変更になりますが、そちらは決まり次第お知らせさせていただくつもりです。

　まずはご通知まで。

敬具

04 商用書信

ビジネス文書

一定要看得懂的一句話！

1. 新しいニュースがございましたら、こちらまでご連絡ください。

a.ta.ra.shi.i nyu.u.su ga go.za.i.ma.shi.ta.ra ko.chi.ra ma.de go re.n.ra.ku ku.da.sa.i

如果有新的消息，請聯絡此處。

2. 参加希望の方は、下記のところまでお電話ください。

sa.n.ka ki.bo.o no ka.ta wa ka.ki no to.ko.ro ma.de o de.n.wa ku.da.sa.i

希望參加的人，請打電話到下列場所。

3. この荷物は船便で送ります。

ko.no ni.mo.tsu wa fu.na.bi.n de o.ku.ri.ma.su

這行李用海運寄送。

4. 貴社への訪問は 3 月 1 7 日の午後 2 時を予定しております。

ki.sha e no ho.o.mo.n wa sa.n.ga.tsu ju.u.shi.chi.ni.chi no go.go ni.ji o yo.te.e.shi.te o.ri.ma.su

預定三月十七日下午二點拜訪貴公司。

5. 来週の出張はキャンセルになりました。

ra.i.shu.u no shu.c.cho.o wa kya.n.se.ru ni na.ri.ma.shi.ta

下週的出差決定取消了。

6. サンプルをお送りしましたので、使ってみてください。

sa.n.pu.ru o o o.ku.ri shi.ma.shi.ta no.de tsu.ka.t.te mi.te ku.da.sa.i

寄上樣品，所以請試用。

MP3 23

一定要寫的一句話！

1. お時間(じかん)がございましたら、セミナーにご参加(さんか)ください。

o ji.ka.n ga go.za.i.ma.shi.ta.ra se.mi.na.a ni go sa.n.ka ku.da.sa.i

如果您有時間，請參加研討會。

2. ご注文(ちゅうもん)いただきました部品(ぶひん)の数(かず)は、３００個(さんびゃっこ)で間違(まちが)いございませんか。

go chu.u.mo.n i.ta.da.ki.ma.shi.ta bu.hi.n no ka.zu wa sa.n.bya.k.ko de ma.chi.ga.i go.za.i.ma.se.n ka

您訂購的配件的數量，是三百個沒錯嗎？

3. 世界貿易(せかいぼうえき)センターでブックフェアが開催(かいさい)されます。

se.ka.i.bo.o.e.ki.se.n.ta.a de bu.k.ku.fe.a ga ka.i.sa.i.sa.re.ma.su

在世貿中心舉辦書展。

4. ファックス番号(ばんごう)が変更(へんこう)になりました。

fa.k.ku.su ba.n.go.o ga he.n.ko.o ni na.ri.ma.shi.ta

傳真號碼已變更。

5. 今回(こんかい)は部長(ぶちょう)と２人(ふたり)で参(まい)ります。

ko.n.ka.i wa bu.cho.o to fu.ta.ri de ma.i.ri.ma.su

這次我和部長二個人一起去。

6. この資料(しりょう)はもうお読(よ)みになりましたか。

ko.no shi.ryo.o wa mo.o o yo.mi ni na.ri.ma.shi.ta ka

您已閱讀這份資料了嗎？

3) 商用賀年卡（範本）

謹賀新年

昨年中はひとかたならぬお引き立てを賜り、心よりお礼申し上げます。
おかげさまで弊社の業績も伸び始め、今年はさらによい年になりそうです。
ひとえに皆様のご支援のおかげだと、感謝いたしております。
しかし、現状に満足することなく、初心を思い出してがんばる所存でございますので、ご教導を賜りますようお願い申し上げます。

貴社のますますのご繁栄を心よりお祈り申し上げます。

平成二十六年　元旦

3) 商用賀年卡（中文翻譯）

恭賀新禧

去年承蒙您格外的照顧，由衷地向您致謝。
多虧您的幫忙，敝公司的業績也開始成長，今年似乎會是變得更好的一年。
這完全是各位的支持，在此致上謝意。
但由於存有不滿於現狀、回想起初衷、要好好努力的想法，所以敬請惠予指導。

誠心祝福貴公司更加昌榮。

平成二十六年　元旦

3) 商用賀年卡（加標音）

謹賀新年（きんがしんねん）

昨年中（さくねんちゅう）はひとかたならぬお引（ひ）き立（た）てを賜（たまわ）り、心（こころ）よりお礼申（れいもう）し上（あ）げます。
おかげさまで弊社（へいしゃ）の業績（ぎょうせき）も伸（の）び始（はじ）め、今年（ことし）はさらによい年（とし）になりそうです。
ひとえに皆様（みなさま）のご支援（しえん）のおかげだと、感謝（かんしゃ）いたしております。
しかし、現状（げんじょう）に満足（まんぞく）することなく、初心（しょしん）を思（おも）い出（だ）してがんばる所存（しょぞん）でございますので、ご教導（きょうどう）を賜（たまわ）りますようお願（ねが）い申（もう）し上（あ）げます。

貴社（きしゃ）のますますのご繁栄（はんえい）を心（こころ）よりお祈（いの）り申（もう）し上（あ）げます。

平成二十六年（へいせいにじゅうろくねん）　元旦（がんたん）

04 商用書信

ビジネス文書

▶▶▶

一定要看得懂的一句話！

1. 新年明けましておめでとうございます。
shi.n.ne.n a.ke.ma.shi.te o.me.de.to.o go.za.i.ma.su
新年快樂。

2. 謹んで新春のお喜びを申し上げます。
tsu.tsu.shi.n.de shi.n.shu.n no o yo.ro.ko.bi o mo.o.shi.a.ge.ma.su
恭賀新春。

3. 旧年中は格別のお引き立てを賜り、心よりお礼申し上げます。
kyu.u.ne.n chu.u wa ka.ku.be.tsu no o hi.ki.ta.te o ta.ma.wa.ri ko.ko.ro yo.ri o re.e mo.o.shi.a.ge.ma.su
去年承蒙您格外的照顧，由衷地向您致謝。

4. 今年もどうぞよろしくお願いいたします。
ko.to.shi mo do.o.zo yo.ro.shi.ku o ne.ga.i i.ta.shi.ma.su
今年也請多多指教。

5. 本年もいっそうのご愛顧を賜りますようお願いいたします。
ho.n.ne.n mo i.s.so.o no go a.i.ko o ta.ma.wa.ri.ma.su yo.o o ne.ga.i i.ta.shi.ma.su
懇請今年也能更加惠予愛護。

6. 貴社ますますのご発展と皆様のご多幸をお祈り申し上げます。
ki.sha ma.su.ma.su no go ha.t.te.n to mi.na sa.ma no go ta.ko.o o o i.no.ri mo.o.shi.a.ge.ma.su
祝福貴公司越發蓬勃以及諸位幸福滿溢。

一定要寫的一句話！

1. 平素格別のご愛顧にあずかり、厚くお礼申し上げます。

he.e.so ka.ku.be.tsu no go a.i.ko ni a.zu.ka.ri a.tsu.ku o re.e mo.o.shi.a.ge.ma.su

平時承蒙您格外的照顧，在此深深致上謝意。

2. 社員一同感謝いたしております。

sha.i.n i.chi.do.o ka.n.sha i.ta.shi.te o.ri.ma.su

本公司所有同仁在此向您道謝。

3. 日頃一方ならぬご指導にあずかり、光栄に存じております。

hi.go.ro hi.to.ka.ta na.ra.nu go shi.do.o ni a.zu.ka.ri ko.o.e.e ni zo.n.ji.te o.ri.ma.su

平日承蒙您特別的指導，感到光榮。

4. おかげさまで弊社も３０周年を迎えることになりました。

o.ka.ge sa.ma de he.e.sha mo sa.n.ju.s.shu.u.ne.n o mu.ka.e.ru ko.to ni na.ri.ma.shi.ta

多虧您的幫忙，敝公司也即將迎向三十週年。

5. 石川社長のいっそうのご健康とご活躍をお祈りいたしております。

i.shi.ka.wa sha.cho.o no i.s.so.o no go ke.n.ko.o to go ka.tsu.ya.ku o o i.no.ri i.ta.shi.te o.ri.ma.su

祝石川社長身體更健康、萬事如意。

6. 今年こそは念願のコンペ、実行しましょう。

ko.to.shi ko.so wa ne.n.ga.n no ko.n.pe ji.k.ko.o.shi.ma.sho.o

一直想實現的高爾夫球比賽，就今年來舉辦吧！

4) 季節問候卡（範本）

暑中お見舞い申し上げます。

先月の出張の際にはお世話になり、たいへんありがとうございました。
仕事にも関わらず楽しい時間を過ごせましたこと、ひとえに本社の皆様のおかげです。

今年はことのほか蒸し暑いようでございます。時節柄夏バテなどしないよう、くれぐれもご自愛くださいますよう、お祈り申し上げます。

平成二十五年　盛夏

4) 季節問候卡（中文翻譯）

暑期特此問候。

上個月出差時，承蒙您們的照顧非常感謝。雖然是工作，但度過了一段快樂時光，這完全多虧總公司的大家。

今年好像特別悶熱。天候不順，期盼不要罹患暑熱，自我多加珍重。

平成二十五年　仲夏

4) 季節問候卡（加標音）

暑中（しょちゅう）お見舞（みま）い申（もう）し上（あ）げます。

先月（せんげつ）の出張（しゅっちょう）の際（さい）にはお世話（せわ）になり、たいへんありがとうございました。仕事（しごと）にも関（かか）わらず楽（たの）しい時間（じかん）を過（す）ごせましたこと、ひとえに本社（ほんしゃ）の皆様（みなさま）のおかげです。

今年（ことし）はことのほか蒸（む）し暑（あつ）いようでございます。時節柄（じせつがら）夏（なつ）バテなどしないよう、くれぐれもご自愛（じあい）くださいますよう、お祈（いの）り申（もう）し上（あ）げます。

平成二十五年（へいせいにじゅうごねん）　盛夏（せいか）

04 商用書信

ビジネス文書

▶▶▶

一定要看得懂的一句話！

1. 当社は正月休みのため、12月 28日から 1月 6日まで休業いたします。

to.o.sha wa sho.o.ga.tsu ya.su.mi no ta.me ju.u.ni.ga.tsu ni.ju.u.ha.chi.ni.chi ka.ra i.chi.ga.tsu mu.i.ka ma.de kyu.u.gyo.o i.ta.shi.ma.su

本公司因新年休假，從十二月二十八日到一月六日停業。

2. 台湾の夏はたいへんな蒸し暑さで、身にこたえることと思います。

ta.i.wa.n no na.tsu wa ta.i.he.n.na mu.shi.a.tsu.sa de mi ni ko.ta.e.ru ko.to to o.mo.i.ma.su

心想因為台灣的夏天非常悶熱，會感到受不了吧。

3. 東京本社在任中はお世話になりました。

to.o.kyo.o ho.n.sha za.i.ni.n chu.u wa o se.wa ni na.ri.ma.shi.ta

在東京總公司任職期間，承蒙您的照顧。

4. 今年はことのほか寒気が厳しいそうです。

ko.to.shi wa ko.to no ho.ka ka.n.ki ga ki.bi.shi.i so.o de.su

據說今年格外寒冷。

5. 風邪などひかないように気をつけてください。

ka.ze na.do hi.ka.na.i yo.o ni ki o tsu.ke.te ku.da.sa.i

請小心別感冒了。

6. 無理しすぎないようにしてください。

mu.ri.shi.su.gi.na.i yo.o ni shi.te ku.da.sa.i

請別太過拚命。

▶▶▶

一定要寫的一句話！

1. 寒中(かんちゅう)お見舞(みま)い申(もう)し上(あ)げます。

ka.n.chu.u o mi.ma.i mo.o.shi.a.ge.ma.su

寒冬中在此向您問候。

2. 残暑(ざんしょ)お見舞(みま)い申(もう)し上(あ)げます。

za.n.sho o mi.ma.i mo.o.shi.a.ge.ma.su

暑末在此向您問候。

3. お変(か)わりございませんか。

o ka.wa.ri go.za.i.ma.se.n ka

是否有任何改變嗎？

4. まだまだ暑(あつ)い日(ひ)が続(つづ)いていますが、お元気(げんき)でいらっしゃいますか。

ma.da ma.da a.tsu.i hi ga tsu.zu.i.te i.ma.su ga o ge.n.ki de i.ra.s.sha.i.ma.su ka

天氣還是持續炎熱，您好嗎？

5. ご家族(かぞく)のみなさまはお変(か)わりありませんか。

go ka.zo.ku no mi.na.sa.ma wa o ka.wa.ri a.ri.ma.se.n ka

您家人別來無恙？

6. くれぐれもご自愛(じあい)ください。

ku.re.gu.re mo go ji.a.i ku.da.sa.i

由衷懇請您保重身體。

即使時代變了，也要懂得書信裡的季節問候語

在書寫合乎禮節、詞句優美的正式日文文章時，「季節のあいさつ」（季節問候語）是不可欠缺的。而商用書信也是一樣。透過巧妙地運用「季節問候語」，不僅會為整篇文章帶來季節的感受，也是對收信者的一種關懷。

寫「季節問候語」時，最重要的就是要簡潔真實地將季節感編織其中。下面提供一些範例以供參考，但必須依照實際天候狀況修改。例如處在暖冬時，像「例年にない寒さでございますが」（真是往年從未有過的寒冷）這樣的寫法就不太妥當，必須改成「一月とは思えない暖かな陽気でございますが」（不太像是一月的天候，相當的暖和）。

參考範例：

一月　厳寒の候 / 例年にない寒さでございますが

（一月　嚴寒時節 / 真是往年從未有過的寒冷）

二月　春寒の候 / 梅のつぼみもまだ堅いようですが

（二月　春寒時節 / 梅花的蓓蕾似乎還未綻放）

三月　早春の候 / めっきり春らしくなってまいりましたが

（三月　早春時節 / 已經有春天的氣息了）

四月　陽春の候 / 桜見物の好季節となりましたが

（四月　陽春時節 / 到了賞櫻的好季節）

五月　新緑の候 / 青葉が香る季節となりましたが

（五月　新綠時節 / 到了綠意盎然的季節）

六月　入梅の候 / うっとうしい季節となりましたが

（六月　梅雨時節 / 到了陰鬱的季節）

七月　盛夏の候 / 日ごとに暑さが厳しくなる毎日ですが

（七月　盛夏時節 / 一天比一天炎熱的酷暑）

八月　残暑の候 / 暦の上ではすでに秋ですが

（八月　暑末時節 / 從月曆上看已經是秋天了）

九月　新秋の候 / さわやかな季節となりましたが

（九月　新秋時節 / 神清氣爽的季節）

十月　秋冷の候 / 虫の声が秋を思わせるこの頃

（十月　秋冷時節 / 已經到蟲鳴知秋的時節）

十一月　晩秋の候 / 木枯らしが吹きすさぶ頃

（十一月　晚秋時節 / 已經到颳寒風的日子）

十二月　寒冷の候 / 今年もいよいよ押し迫り、お忙しいことと存じますが

（十二月　寒冷時節 / 年關逼近，想必您相當忙碌）

急いては事を仕損ずる

欲速則不達（喻忙中容易出錯）

請求

在日商公司上班，當遇到問題時，小從影印機的使用、大至合約書的撰寫，別害羞，開口請教同事吧！本單元除了教您如何求助於人，也會告訴您，當被要求協助時，該如何應對喔！

05 請求

お願い

1) 向同事請教

わたし： お忙しいところすみません。教えてほしいことがあるんですが、今いいですか。

wa.ta.shi o i.so.ga.shi.i to.ko.ro su.mi.ma.se.n o.shi.e.te ho.shi.i ko.to ga a.ru n de.su ga i.ma i.i de.su ka

我：百忙之中（打擾您）不好意思。有件事想請教您，現在可以嗎？

同僚： いいよ、どうぞ。

do.o.ryo.o i.i yo do.o.zo

同事：好啊，請。

わたし： この契約書なんですが、書き方がよく分からなくて困ってるんです。

wa.ta.shi ko.no ke.e.ya.ku.sho na n de.su ga ka.ki.ka.ta ga yo.ku wa.ka.ra.na.ku.te ko.ma.t.te.ru n de.su

我：這份合約書，我因為不知道寫法，所以傷透腦筋。

同僚： ここがちょっと違ってるね。ここには住所じゃなくて、相手の社名を書かなきゃ。

do.o.ryo.o ko.ko ga cho.t.to chi.ga.t.te.ru ne ko.ko ni wa ju.u.sho ja na.ku.te a.i.te no sha.me.e o ka.ka.na.kya

それと、このとなりには契約期間を記入するんだ。

so.re.to ko.no to.na.ri ni wa ke.e.ya.ku ki.ka.n o ki.nyu.u.su.ru n da

同事：這裡有一點點錯唷。這裡要寫的不是地址，而是對方的公司名稱。還有，這個旁邊要寫上合約期間。這份合約的話，好像是五年吧，要是那樣的話，填上「5」這個數字就可以囉。

MP3 26

この契約の場合だと5年だったかな、そしたら「5」って数字を入れればいいんだよ。

ko.no ke.e.ya.ku no ba.a.i da to go.ne.n da.t.ta ka.na so.shi.ta.ra go.t.te su.u.ji o i.re.re.ba i.i n da yo

わたし：
wa.ta.shi

なるほど、よく分かりました。

na.ru.ho.do yo.ku wa.ka.ri.ma.shi.ta

すみません、それとここの日本語をチェックしてもらってもいいですか。

su.mi.ma.se.n so.re.to ko.ko no ni.ho.n.go o che.k.ku.shi.te mo.ra.t.te mo i.i de.su ka

わたしにはちょっと難しくて……。

wa.ta.shi ni wa cho.t.to mu.zu.ka.shi.ku.te

我：原來如此，很清楚了。對不起，還有可以幫我確認這裡的日文嗎？對我來說有點難……。

同僚：
do.o.ryo.o

うん、日本語は問題ないよ。

u.n ni.ho.n.go wa mo.n.da.i na.i yo

でも内容については、課長にチェックしてもらったほうがいいと思うよ。

de.mo na.i.yo.o ni tsu.i.te wa ka.cho.o ni che.k.ku.shi.te mo.ra.t.ta ho.o ga i.i to o.mo.u yo

同事：嗯，日文沒有問題喔。可是關於內容，我想最好請課長確認吧。

わたし：
wa.ta.shi

はい。どうもありがとうございました。

ha.i do.o.mo a.ri.ga.to.o go.za.i.ma.shi.ta

我：是的。非常謝謝您。

05 請求

お願い（ねが）

▶▶▶

一定要聽得懂的一句話！

1. どうしましたか。
do.o shi.ma.shi.ta ka
怎麼了嗎？

2. 困（こま）っているようですね。
ko.ma.t.te i.ru yo.o de.su ne
好像感到困擾啊。

3. 分（わ）からないことがあったら、何（なん）でも聞（き）いてください。
wa.ka.ra.na.i ko.to ga a.t.ta.ra na.n de.mo ki.i.te ku.da.sa.i
有任何不懂的地方，請儘管發問。

4. この仕事（しごと）が終（お）わったら、お話（はなし）を聞（き）きますよ。
ko.no shi.go.to ga o.wa.t.ta.ra o ha.na.shi o ki.ki.ma.su yo
這件事情一結束，我就立刻和你談喔！

5. その件（けん）は緊急（きんきゅう）を要（よう）しますか。
so.no ke.n wa ki.n.kyu.u o yo.o.shi.ma.su ka
那件事很緊急嗎？

6. それなら岡村（おかむら）さんが詳（くわ）しいから、聞（き）いてみるといいよ。
so.re na.ra o.ka.mu.ra sa.n ga ku.wa.shi.i ka.ra ki.i.te mi.ru to i.i yo
那件事的話岡村小姐很清楚，所以可以問她看看唷。

MP3 27

一定要說的一句話！

1. 今、お時間よろしいですか。
i.ma o ji.ka.n yo.ro.shi.i de.su ka
現在，方便嗎？

2. お聞きしたいことがあるんですが……。
o ki.ki shi.ta.i ko.to ga a.ru n de.su ga
（我）有件事想請教您……。

3. 質問があるんですが……。
shi.tsu.mo.n ga a.ru n de.su ga
（我）有疑問……。

4. 不明な点があるんですが……。
fu.me.e.na te.n ga a.ru n de.su ga
有不清楚的地方……。

5. そのことについて、お尋ねしてもかまいませんか。
so.no ko.to ni tsu.i.te o ta.zu.ne shi.te mo ka.ma.i.ma.se.n ka
關於那件事，可以請教問題嗎？

6. お伺いしたいことがあるんですが、よろしいでしょうか。
o u.ka.ga.i shi.ta.i ko.to ga a.ru n de.su ga yo.ro.shi.i de.sho.o ka
（我）有事情想請教您，可以嗎？

▶▶▶

2) 請同事幫忙

同僚（どうりょう）： do.o.ryo.o	呉（ウー）さん、もう慣（な）れた？ u.u sa.n mo.o na.re.ta	同事：吳先生，已經習慣了嗎？
わたし： wa.ta.shi	ええ、みなさんよくしてくださるので、だいぶ慣（な）れました。 e.e mi.na sa.n yo.ku shi.te ku.da.sa.ru no.de da.i.bu na.re.ma.shi.ta でも、まだだめですね。今（いま）も、このコピー機（き）の使（つか）い方（かた）がよく分（わ）からなくて困（こま）ってたんです。 de.mo ma.da da.me de.su ne i.ma mo ko.no ko.pi.i.ki no tsu.ka.i.ka.ta ga yo.ku wa.ka.ra.na.ku.te ko.ma.t.te.ta n de.su	我：是的，因為大家對我很好，所以很習慣了。可是，還是不行耶。現在也是，不大曉得這影印機的使用方法而傷腦筋。
同僚（どうりょう）： do.o.ryo.o	わたしが見（み）てあげるから、ちょっとどいてくれる？ wa.ta.shi ga mi.te a.ge.ru ka.ra cho.t.to do.i.te ku.re.ru	同事：我來幫你看看，借過一下好嗎？
わたし： wa.ta.shi	はい。 ha.i	我：好的。

同僚（どうりょう）：	紙（かみ）がつまっちゃったのね。こんなときは、右側（みぎがわ）の取手（とって）を引（ひ）っ張（ぱ）ってみて。	同事：卡紙了耶。這種時候，你拉右邊的把手看看。會發生這種情況幾乎都是裡頭卡紙。
do.o.ryo.o	ka.mi ga tsu.ma.c.cha.t.ta no ne ko.n.na to.ki wa mi.gi.ga.wa no to.t.te o hi.p.pa.t.te mi.te	
	中（なか）で紙（かみ）がつまってる場合（ばあい）がほとんどだから。	
	na.ka de ka.mi ga tsu.ma.t.te.ru ba.a.i ga ho.to.n.do da.ka.ra	
わたし：	そうでしたか。ありがとうございます。	我：原來是那樣啊。謝謝你。
wa.ta.shi	so.o de.shi.ta ka a.ri.ga.to.o go.za.i.ma.su	
同僚（どうりょう）：	ほかにもわたしでお手伝（てつだ）いできることがあったら、いつでも声（こえ）かけてね。	同事：如果還有其他我能幫忙的事，隨時出聲喔！
do.o.ryo.o	ho.ka ni mo wa.ta.shi de o te.tsu.da.i de.ki.ru ko.to ga a.t.ta.ra i.tsu de.mo ko.e ka.ke.te ne	
わたし：	ありがとうございます。	我：謝謝你。
wa.ta.shi	a.ri.ga.to.o go.za.i.ma.su	

05 請求

お願い(ねが)

▶▶▶

一定要聽得懂的一句話！

1. だいじょうぶですか。
da.i.jo.o.bu de.su ka
（你）沒問題嗎？

2. お手伝(てつだ)いしましょうか。
o te.tsu.da.i shi.ma.sho.o ka
（我）來幫忙吧？

3. 今(いま)は手(て)が離(はな)せないんですが……。
i.ma wa te ga ha.na.se.na.i n de.su ga
目前無法抽身……。

4. 今(いま)、急(いそ)ぎの仕事(しごと)をしてるんで、あと３０分(さんじゅっぷん)待(ま)ってくれるかな。
i.ma i.so.gi no shi.go.to o shi.te.ru n de a.to sa.n.ju.p.pu.n ma.t.te ku.re.ru ka.na
現在手頭還有急事，所以可以再等我三十分鐘嗎？

5. その前(まえ)に課長(かちょう)に報告(ほうこく)したほうがいいよ。
so.no ma.e ni ka.cho.o ni ho.o.ko.ku.shi.ta ho.o ga i.i yo
在那之前最好向課長報告喔。

6. それは内田(うちだ)さんが担当(たんとう)だから、聞(き)いてみるといいよ。
so.re wa u.chi.da sa.n ga ta.n.to.o da.ka.ra ki.i.te mi.ru to i.i yo
因為那是內田先生負責的，所以可以問問看他喔。

MP3 29

▶▶

一定要說的一句話！

1. ファックスはどうやって使(つか)うんですか。

fa.k.ku.su wa do.o ya.t.te tsu.ka.u n de.su ka

如何使用傳真機呢？

2. かなり重(おも)いんで、いっしょに持(も)ってもらえますか。

ka.na.ri o.mo.i n de i.s.sho ni mo.t.te mo.ra.e.ma.su ka

因為相當重，可以請你幫我一起拿嗎？

3. 恐(おそ)れ入(い)りますが、その資料(しりょう)を見(み)せてもらってもいいですか。

o.so.re.i.ri.ma.su ga so.no shi.ryo.o o mi.se.te mo.ra.t.te mo i.i de.su ka

不好意思，可不可以讓我看那份資料？

4. お手数(てすう)をおかけしました。

o te.su.u o o ka.ke shi.ma.shi.ta

真是麻煩你了。

5. この文字(もじ)を入力(にゅうりょく)してもらえますか。

ko.no mo.ji o nyu.u.ryo.ku.shi.te mo.ra.e.ma.su ka

可以幫我輸入這個文字嗎？

6. この手紙(てがみ)の日本語(にほんご)をチェックしてもらってもいいですか。

ko.no te.ga.mi no ni.ho.n.go o che.k.ku.shi.te mo.ra.t.te mo i.i de.su ka

可以幫我確認這封信的日文嗎？

05 請求

お願い(ねが)

3) 強烈要求

取引先(とりひきさき)：　呉(ウー)さん、ちょっといいかな。

to.ri.hi.ki.sa.ki u.u sa.n cho.t.to i.i ka.na

合作廠商：吳先生，可以打擾一下嗎？

わたし：　はい、だいじょうぶです。どういったご用件(ようけん)でしょうか。

wa.ta.shi　ha.i da.i.jo.o.bu de.su do.o i.t.ta go yo.o.ke.n de.sho.o ka

我：好，沒問題。有什麼事呢？

取引先(とりひきさき)：　お願(ねが)いしたいのはほかでもないんだけど、いつも注文(ちゅうもん)してる商品(しょうひん)、値段(ねだん)を安(やす)くしてもらえないかな。

to.ri.hi.ki.sa.ki o ne.ga.i shi.ta.i no wa ho.ka de.mo na.i n da.ke.do i.tsu.mo chu.u.mo.n.shi.te.ru sho.o.hi.n ne.da.n o ya.su.ku shi.te mo.ra.e.na.i ka.na

合作廠商：想拜託你的不是別的，就是每次訂購的商品，價格可以算便宜些嗎？

わたし：　そう言(い)われましても……。上司(じょうし)に相談(そうだん)してみます。

wa.ta.shi　so.o i.wa.re.ma.shi.te mo jo.o.shi ni so.o.da.n.shi.te mi.ma.su

我：即使被你那樣說……。（我）與上司商量看看。

取引先(とりひきさき)：　いや、藤田課長(ふじたかちょう)にはもう何度(なんど)もお願(ねが)いしてるんだけどね、ぜんぜん聞(き)いてもらえなくて。

合作廠商：不，已向藤田課長拜託好幾次了，但完全沒

to.ri.hi.ki.sa.ki i.ya fu.ji.ta ka.cho.o ni wa mo.o na.n.do mo o ne.ga.i shi.te.ru n da.ke.do ne ze.n.ze.n ki.i.te mo.ra.e.na.ku.te

うちの上司（じょうし）がうるさくて、ぼくも困（こま）ってるんだよ。

u.chi no jo.o.shi ga u.ru.sa.ku.te bo.ku mo ko.ma.t.te.ru n da yo

有理會。因為我的上司很囉嗦，所以我也傷腦筋啊。

わたし：　そちらのご都合（つごう）も分（わ）からないわけではないですが、わたしには決定権（けっていけん）がありませんので……。

wa.ta.shi　so.chi.ra no go tsu.go.o mo wa.ka.ra.na.i wa.ke de wa na.i de.su ga wa.ta.shi ni wa ke.t.te.e.ke.n ga a.ri.ma.se.n no.de

我：您那裡的情況我也不是不能理解，但我並沒有決定權……。

取引先（とりひきさき）：　いや、君（きみ）たち若（わか）い子（こ）の声（こえ）が大事（だいじ）なんだよ。言（い）うだけでもいいから、言（い）ってみてよ。

to.ri.hi.ki.sa.ki i.ya ki.mi ta.chi wa.ka.i ko no ko.e ga da.i.ji.na n da yo i.u da.ke de.mo i.i ka.ra i.t.te mi.te yo

合作廠商：不，你們年輕人的聲音很重要喔。只是說說也可以，（你）說看看吧。

わたし：　分（わ）かりました。話（はな）してみます。

wa.ta.shi　wa.ka.ri.ma.shi.ta ha.na.shi.te mi.ma.su

我：（我）知道了。（我）說說看。

05 請求

お願い（ねが）

▶▶▶

一定要聽得懂的一句話！

1. 頼（たの）むよ。

ta.no.mu yo

拜託啦。

2. 大（だい）ピンチなんだ。

da.i pi.n.chi na n da

遇到大危機。

3. どうしても早（はや）めに頼（たの）むよ。

do.o shi.te mo ha.ya.me ni ta.no.mu yo

無論如何拜託你盡快啦。

4. 誠（まこと）に申（もう）しわけございませんが、期限（きげん）は守（まも）っていただきます。

ma.ko.to ni mo.o.shi.wa.ke go.za.i.ma.se.n ga ki.ge.n wa ma.mo.t.te i.ta.da.ki.ma.su

雖然非常抱歉，但請您遵守期限。

5. 明日（あした）までにできるかどうか……。

a.shi.ta ma.de ni de.ki.ru ka do.o ka

不確定能不能明天前弄好……。

6. 上司（じょうし）とよく検討（けんとう）してみます。

jo.o.shi to yo.ku ke.n.to.o.shi.te mi.ma.su

（我）會與上司好好檢討看看。

▶▶▶

一定要說的一句話！

1. そこを何(なん)とか……。

so.ko o na.n to ka

那方面請無論如何……。

2. そこを何(なん)とかお願(ねが)いします。

so.ko o na.n to ka o ne.ga.i shi.ma.su

那方面無論如何都要麻煩您。

3. もう一度(いちど)ご検討(けんとう)ください。

mo.o i.chi.do go ke.n.to.o ku.da.sa.i

請務必再考慮一次。

4. 大至急(だいしきゅう)お願(ねが)いします。

da.i shi.kyu.u o ne.ga.i shi.ma.su

麻煩您緊急協助。

5. 何(なん)とかご無理(むり)をお願(ねが)いできませんでしょうか。

na.n to ka go mu.ri o o ne.ga.i de.ki.ma.se.n de.sho.o ka

無論如何可否麻煩您勉強幫個忙呢？

6. 聞(き)いていただけないのでしたら、辞(や)める覚悟(かくご)もできています。

ki.i.te i.ta.da.ke.na.i no de.shi.ta.ra ya.me.ru ka.ku.go mo de.ki.te i.ma.su

如果您沒法理會的話，（我）也有了辭職的心理準備。

上班族要好好玩「キャッチボール」（傳、接球遊戲）！

首先，請先看看下列三則對話。正確的對話是哪一個呢？

對話A

上司：その話、誰から聞いたの。そんなはずないんだけどな。

上司：那件事，是聽誰說的？應該不會那樣啊！

部下：いえ、間違いありません。

部屬：不，不會錯的。

對話B

上司：なんで昨日、会議に参加しなかったんだ。

上司：為什麼昨天沒參加會議呢？

部下：次回は参加します。

部屬：下次會參加。

對話C

部下：部長、昨日提出した報告書、見ていただけましたか。

部屬：部長，昨天提出的報告書，您過目了嗎？

上司：ああ、見たけど誤字だらけでだめだよ。もう一度見直してから出し直してくれる。

上司：嗯，是看過了，但是錯字連篇。可以修改過後再給我一次嗎？

部下：今日中に見てください。

部屬：請今天之內過目。

答案是，全都不是正確的對話。A上司問的是誰，所以應該回答人名；B上司問的是為什麼，所以一定要說出理由；C根本就沒達到共識。以上三則，雖然乍看之下像是個對話，但實際上只是單方面的表達而已，不算溝通，而這種情形也會發生在日本人身上。

各位應該有聽說過，日本人常常將人與人之間的對話比喻成「キャッチボール」（傳、接球遊戲）吧！要玩傳、接球，首先得先接住對方投過來的球，接著再將球投回對方預設好的地方。如果將它套用在對話上，那麼就要先了解對方所說的話代表什麼意思，之後再做適當的回應。這樣看來，人與人的對話真的就好像是在玩傳、接球的遊戲。因此，千萬不可以因為自己不是日本人，就認為無法將日文說得很好，便輕易放棄溝通。因為不管是什麼對話，都需要用心，也需要掌握訣竅。所以，試著用點心，找到對方內心的想法，並投一個好球吧！相信一定可以傳達到對方心裡的！

虎穴(こけつ)に入(い)らずんば虎子(こじ)を得(え)ず

不入虎穴，焉得虎子

06 公司訪客

接待客人亦是日商公司重要的工作之一。從客人到來、引導、一直到送客，該怎麼說、怎麼做才得體？讓本單元來告訴您。

06 公司訪客

会社訪問（かいしゃほうもん）

▶▶▶

1）接待訪客

お客（きゃく）：	すみません。	客人：不好意思。
o kya.ku	su.mi.ma.se.n	
わたし：	はい、どちら様（さま）でいらっしゃいますか。	我：是，您是哪一位？
wa.ta.shi	ha.i do.chi.ra sa.ma de i.ra.s.sha.i.ma.su ka	
お客（きゃく）：	こんにちは。読売商事（よみうりしょうじ）の住吉（すみよし）と申（もう）します。営業（えいぎょう）の方（かた）と2時（にじ）にアポを取（と）ってあるんですが……。	客人：您好。我是讀賣商事的住吉。我和營業部門的人約了二點……。
o kya.ku	ko.n.ni.chi.wa yo.mi.u.ri sho.o.ji no su.mi.yo.shi to mo.o.shi.ma.su e.e.gyo.o no ka.ta to ni.ji ni a.po o to.t.te a.ru n de.su ga	
わたし：	そうですか。電話（でんわ）で確認（かくにん）いたしますので、少々（しょうしょう）お待（ま）ちいただけますか。	我：是嗎？我打電話確認，所以可以稍候一下嗎？
wa.ta.shi	so.o de.su ka de.n.wa de ka.ku.ni.n i.ta.shi.ma.su no.de sho.o.sho.o o ma.chi i.ta.da.ke.ma.su ka	
お客（きゃく）：	はい。	客人：好的。
o kya.ku	ha.i	

わたし：　担当者（たんとうしゃ）がただ今（いま）、接客中（せっきゃくちゅう）だそうですので、あちらの部屋（へや）でお待（ま）ちいただいてもよろしいですか。

wa.ta.shi　ta.n.to.o.sha ga ta.da i.ma se.k.kya.ku chu.u da so.o de.su no.de a.chi.ra no he.ya de o ma.chi i.ta.da.i.te mo yo.ro.shi.i de.su ka

すみません。

su.mi.ma.se.n

我：因為聽説負責的人目前接待客人中，所以可不可以在那裡的房間等候呢？不好意思。

お客（きゃく）：　いいえ、私（わたし）も早（はや）めに着（つ）いてしまったものですから。

o kya.ku　i.i.e wa.ta.shi mo ha.ya.me ni tsu.i.te shi.ma.t.ta mo.no de.su ka.ra

客人：不會，因為我也提早到了。

06 公司訪客

会社訪問（かいしゃほうもん）

▶▶▶

一定要聽得懂的一句話！

1. ごめんください。
go.me.n ku.da.sa.i
打擾了。

2. デザイン部（ぶ）はこちらでよろしいですか。
de.za.i.n.bu wa ko.chi.ra de yo.ro.shi.i de.su ka
設計部在這裡對嗎？

3. 部長（ぶちょう）の鈴木（すずき）さんと１１時（じゅういちじ）に約束（やくそく）してるんですが……。
bu.cho.o no su.zu.ki sa.n to ju.u.i.chi.ji ni ya.ku.so.ku.shi.te.ru n de.su ga
與部長鈴木先生約了十一點……。

4. 広報部（こうほうぶ）の遠藤（えんどう）さんはいらっしゃいますか。
ko.o.ho.o.bu no e.n.do.o sa.n wa i.ra.s.sha.i.ma.su ka
宣傳部的遠藤小姐在嗎？

5. 突然（とつぜん）すみません。
to.tsu.ze.n su.mi.ma.se.n
突然拜訪很抱歉。

6. 訪問者名簿（ほうもんしゃめいぼ）に記入（きにゅう）が必要（ひつよう）ですか。
ho.o.mo.n.sha me.e.bo ni ki.nyu.u ga hi.tsu.yo.o de.su ka
需要在來訪者名簿上登記嗎？

MP3 33

▶▶▶

一定要說的一句話！

1. 事前（じぜん）にアポを取（と）ってらっしゃいますか。
ji.ze.n ni a.po o to.t.te.ra.s.sha.i.ma.su ka
您有事前約好嗎？

2. 何（なに）か御用（ごよう）でしょうか。
na.ni ka go yo.o de.sho.o ka
請問有什麼事嗎？

3. 社長（しゃちょう）は会議室（かいぎしつ）のほうでお待（ま）ちしております。
sha.cho.o wa ka.i.gi.shi.tsu no ho.o de o ma.chi shi.te o.ri.ma.su
社長在會議室那裡等您。

4. 今（いま）すぐ担当者（たんとうしゃ）を呼（よ）んできます。
i.ma su.gu ta.n.to.o.sha o yo.n.de ki.ma.su
（我）現在馬上去叫負責人來。

5. こちらにおかけになってお待（ま）ちください。
ko.chi.ra ni o ka.ke ni na.t.te o ma.chi ku.da.sa.i
請您坐在這裡等候。

6. 課長（かちょう）はもうすぐ到着（とうちゃく）するはずです。
ka.cho.o wa mo.o su.gu to.o.cha.ku.su.ru ha.zu de.su
課長應該很快就會到。

2) 帶領訪客

お客（きゃく）： 南田株式会社（みなみだかぶしきがいしゃ）の新井（あらい）と申（もう）します。
o kya.ku mi.na.mi.da ka.bu.shi.ki ga.i.sha no a.ra.i to mo.o.shi.ma.su

客人：我是南田股份有限公司的新井。

わたし： はい、伺（うかが）っております。会議室（かいぎしつ）のほうにお連（つ）れしますので、こちらへどうぞ。
wa.ta.shi ha.i u.ka.ga.t.te o.ri.ma.su ka.i.gi.shi.tsu no ho.o ni o tsu.re shi.ma.su no.de ko.chi.ra e do.o.zo

我：是的，我（已）聽說。（我）帶您到會議室那裡，請往這邊走。

お客（きゃく）： お世話（せわ）になります。
o kya.ku o se.wa ni na.ri.ma.su

客人：麻煩您。

わたし： いいえ。この上（うえ）の階（かい）になりますので、階段（かいだん）でもいいですか。
wa.ta.shi i.i.e ko.no u.e no ka.i ni na.ri.ma.su no.de ka.i.da.n de mo i.i de.su ka

我：不會。是在這裡的樓上，所以可以（走）樓梯嗎？

お客（きゃく）： はい。
o kya.ku ha.i

客人：好的。

MP3 34

わたし：　こちらが会議室（かいぎしつ）となります。営業担当者（えいぎょうたんとうしゃ）たちが到着（とうちゃく）するまで、少々（しょうしょう）お待（ま）ちください。

wa.ta.shi　ko.chi.ra ga ka.i.gi.shi.tsu to na.ri.ma.su e.e.gyo.o ta.n.to.o.sha ta.chi ga to.o.cha.ku.su.ru ma.de sho.o.sho.o o ma.chi ku.da.sa.i

お茶（ちゃ）とコーヒー、どちらがよろしいですか。

o cha to ko.o.hi.i do.chi.ra ga yo.ro.shi.i de.su ka

我：這裡是會議室。在營業負責人們到達之前，請稍等。您要（喝）茶或咖啡？

お客（きゃく）：　じゃ、コーヒーで。

o kya.ku　ja ko.o.hi.i de

客人：那麼，咖啡。

わたし：　かしこまりました。

wa.ta.shi　ka.shi.ko.ma.ri.ma.shi.ta

我：（我）知道了。

06 公司訪客

会社訪問（かいしゃほうもん）

▶▶▶ 一定要聽得懂的一句話！

1. 大塚専務（おおつかせんむ）と3時（さんじ）に約束（やくそく）してるんですが……。
o.o.tsu.ka se.n.mu to sa.n.ji ni ya.ku.so.ku.shi.te.ru n de.su ga
（我）與大塚專務董事在三點有約……。

2. 大川産業（おおかわさんぎょう）はこちらでよろしいでしょうか。
o.o.ka.wa sa.n.gyo.o wa ko.chi.ra de yo.ro.shi.i de.sho.o ka
大川產業是在這裡對嗎？

3. だいぶ早（はや）めに着（つ）いちゃったんですが……。
da.i.bu ha.ya.me ni tsu.i.cha.t.ta n de.su ga
太早到了……。

4. 1人（ひとり）で行（い）けますから、ご心配（しんぱい）なく。
hi.to.ri de i.ke.ma.su ka.ra go shi.n.pa.i na.ku
我可以一個人去，不用擔心。

5. このとなりの部屋（へや）が営業部（えいぎょうぶ）ですか。
ko.no to.na.ri no he.ya ga e.e.gyo.o.bu de.su ka
這隔壁的房間就是營業部嗎？

6. お忙（いそが）しいのに、お連（つ）れくださりありがとうございました。
o i.so.ga.shi.i no.ni o tsu.re ku.da.sa.ri a.ri.ga.to.o go.za.i.ma.shi.ta
謝謝您百忙之中帶我過來。

▶▶▶

一定要說的一句話！

1. いらっしゃいませ。
i.ra.s.sha.i.ma.se
歡迎光臨。

2. お名前(なまえ)をよろしいでしょうか。
o na.ma.e o yo.ro.shi.i de.sho.o ka
可以（告訴我）您的大名嗎？

3. お待(ま)ちしておりました。
o ma.chi shi.te o.ri.ma.shi.ta
恭候多時了。

4. わたしがご案内(あんない)いたします。
wa.ta.shi ga go a.n.na.i i.ta.shi.ma.su
我為您帶路。

5. 部長(ぶちょう)はすぐ参(まい)りますので、もうしばらくお待(ま)ちください。
bu.cho.o wa su.gu ma.i.ri.ma.su no.de mo.o shi.ba.ra.ku o ma.chi ku.da.sa.i
部長馬上就會來，所以請您再等候一下。

6. たいへんお待(ま)たせいたしました。
ta.i.he.n o ma.ta.se i.ta.shi.ma.shi.ta
讓您久等了。

3) 送客

お客：　では、この辺で。結論が出ましたら、いつでもご連絡ください。

o kya.ku　de.wa ko.no he.n de ke.tsu.ro.n ga de.ma.shi.ta.ra i.tsu de.mo go re.n.ra.ku ku.da.sa.i

客人：那麼，（今天）就到這裡。如果有了結論，請隨時聯絡（我）。

わたし：　はい。明日にでも会議を開き、なるべく早めにご連絡できればと思います。

wa.ta.shi　ha.i a.shi.ta ni de.mo ka.i.gi o hi.ra.ki na.ru.be.ku ha.ya.me ni go re.n.ra.ku de.ki.re.ba to o.mo.i.ma.su

我：好的。我想明天就開個會議，盡快與您聯絡。

お客：　よろしくお願いします。

o kya.ku　yo.ro.shi.ku o ne.ga.i shi.ma.su

今日はお忙しいところ時間を割いていただき、たいへんありがとうございました。

kyo.o wa o i.so.ga.shi.i to.ko.ro ji.ka.n o sa.i.te i.ta.da.ki ta.i.he.n a.ri.ga.to.o go.za.i.ma.shi.ta

客人：麻煩您了。非常謝謝您今天百忙之中撥空（見面）。

わたし：　いえ、こちらこそ。

wa.ta.shi　i.e ko.chi.ra ko.so

あっ、これは弊社(へいしゃ)のオリジナル商品(しょうひん)なんですが、よろしければ記念(きねん)にお持(も)ち帰(かえ)りください。

a.t ko.re wa he.e.sha no o.ri.ji.na.ru sho.o.hi.n na n de.su ga yo.ro.shi.ke.re.ba ki.ne.n ni o mo.chi ka.e.ri ku.da.sa.i

我：不，彼此彼此。啊，這是敝公司的原創商品，可以的話請帶回去當作紀念。

お客(きゃく)：　ありがとうございます。同僚(どうりょう)たちと分(わ)けて使(つか)わせていただきます。

o kya.ku　a.ri.ga.to.o go.za.i.ma.su do.o.ryo.o ta.chi to wa.ke.te tsu.ka.wa.se.te i.ta.da.ki.ma.su

客人：謝謝您。（我）會與同事們分享使用。

わたし：　では、出口(でぐち)までご案内(あんない)いたしますので、こちらへ。

wa.ta.shi　de.wa de.gu.chi ma.de go a.n.na.i i.ta.shi.ma.su no.de ko.chi.ra e

我：那麼，我帶您到出口，請往這邊走。

06 公司訪客

会社訪問（かいしゃほうもん）

▶▶▶

一定要聽得懂的一句話！

1. この後（あと）まだ予定（よてい）がありますので、今日（きょう）はこれで失礼（しつれい）します。
ko.no a.to ma.da yo.te.e ga a.ri.ma.su no.de kyo.o wa ko.re de shi.tsu.re.e.shi.ma.su
因為在這之後還有別的事情，所以今天就此告辭。

2. 今後（こんご）ともよろしくお願（ねが）いいたします。
ko.n.go to.mo yo.ro.shi.ku o ne.ga.i i.ta.shi.ma.su
今後還麻煩您多多幫忙。

3. いつ頃（ごろ）お返事（へんじ）いただけますか。
i.tsu go.ro o he.n.ji i.ta.da.ke.ma.su ka
大概什麼時候能收到您的答覆呢？

4. 10日（とおか）ほど、お時間（じかん）いただけますか。
to.o.ka ho.do o ji.ka.n i.ta.da.ke.ma.su ka
可以給我十天左右的時間嗎？

5. おいしいコーヒー、ありがとうございました。
o.i.shi.i ko.o.hi.i a.ri.ga.to.o go.za.i.ma.shi.ta
謝謝您（請我喝）好喝的咖啡。

6. 別（べつ）の日（ひ）にまた改（あらた）めて参（まい）ります。
be.tsu no hi ni ma.ta a.ra.ta.me.te ma.i.ri.ma.su
我改天再來拜訪。

▶▶▶

一定要說的一句話！

1. お気(き)をつけてお帰(かえ)りください。
o ki o tsu.ke.te o ka.e.ri ku.da.sa.i
請慢走。

2. タクシーを呼(よ)びましょうか。
ta.ku.shi.i o yo.bi.ma.sho.o ka
我幫您叫計程車吧？

3. 雨(あめ)が降(ふ)り出(だ)したようなので、傘(かさ)をお貸(か)しいたしましょうか。
a.me ga fu.ri.da.shi.ta yo.o.na no.de ka.sa o o ka.shi i.ta.shi.ma.sho.o ka
好像開始下雨了，要不要借您雨傘？

4. 何(なに)かございましたら、いつでもメールでご連絡(れんらく)ください。
na.ni ka go.za.i.ma.shi.ta.ra i.tsu de.mo me.e.ru de go re.n.ra.ku ku.da.sa.i
如果有什麼事，請隨時用E-mail聯絡我。

5. いらしていただいて本当(ほんとう)に助(たす)かりました。
i.ra.shi.te i.ta.da.i.te ho.n.to.o ni ta.su.ka.ri.ma.shi.ta
您能來真的是幫了大忙。

6. この後(あと)ご予定(よてい)がなければ、いっしょに食事(しょくじ)でもいかがですか。
ko.no a.to go yo.te.e ga na.ke.re.ba i.s.sho ni sho.ku.ji de.mo i.ka.ga de.su ka
如果接下來沒有事，要不要一起吃個飯呢？

和日本人溝通，少不了「あいづち」（附和）

我經常遇到這樣的外國朋友，明明很會講日文，但對話時卻怎麼也無法流暢地對答。對於日文很強的他們來說，究竟問題出在哪裡？其答案就在「あいづち」（附和）上。

所謂的「附和」，正是能讓對話順暢進行的潤滑劑。像是從簡單的「ええ」（嗯）、「そう」（是的），到「信じられない」（真不敢相信）、「ほんとうですか」（真的嗎）、「羨ましいですね」（好羨慕噢）等等都是。日本人之間的對話，就是透過這樣的潤滑劑串連而成的。有了這樣的潤滑劑，對話內容便可以不斷地延伸，提升愉快的氣氛。反之，少了這樣的潤滑劑，就會變成單方面的表達。這就好比老師單方面問問題，學生只負責回答似的，當然了然無趣。話雖如此，好的對話也並非一味「附和」就可以敷衍了事。在這裡，告訴您如何抓住對方心意的幾個訣竅吧！

一）認同的附和：「ええ」（嗯）、「そうですね」（是呀）、「よく分かります」（我懂）等。

二）體貼的附和：「そんな」（怎麼會）、「ひどい」（太過份）、「信じられません」（真不敢相信）等。

三）感動的附和：「すごい」（好厲害）、「ほんとう？」（真的假的？）、「すてき」（太棒了）等。

四）引導的附和：「それから？」（接下來？）、「それで？」（然後呢？）等。

「附和」在對話中未必需要，就算不用也可以如常對話。不過善用「附和」，可將自己感興趣或關心某個話題的態度，做更豐富的表達。不管怎麼說，能將真誠傾聽的心意傳達給對方，是再好不過的事情。雖然起頭總是比較難，但是試著用上述這幾種「附和」說說看吧！善於傾聽、設想周到的人，在職場裡也會獲得好評吧！

自分に厳しく他人に寛大に

嚴以律己，寬以待人

07 拜訪客戶

拜訪客戶免不了要説明事由，並把時間、地點講清楚。有關「拜訪客戶」的相關日文有哪些呢？跟著本單元一起學習吧！

1）約定拜訪時間

わたし：	日の丸商事の呉と申しますが、業務部の杉本さんをお願いします。	我：我是日丸商事的呉，麻煩（接）業務部的杉本小姐。
wa.ta.shi	hi.no.ma.ru sho.o.ji no u.u to mo.o.shi.ma.su ga gyo.o.mu.bu no su.gi.mo.to sa.n o o ne.ga.i shi.ma.su	
杉本：	わたしです。	杉本：我就是。
su.gi.mo.to	wa.ta.shi de.su	
わたし：	ご無沙汰しています。	我：好久不見。因為活動的企劃書完成了，所以想見個面説明一下……。
wa.ta.shi	go bu.sa.ta shi.te i.ma.su	
	イベントの企画書が完成しましたので、お目にかかってご説明したいのですが……。	
	i.be.n.to no ki.ka.ku.sho ga ka.n.se.e.shi.ma.shi.ta no.de o me ni ka.ka.t.te go se.tsu.me.e shi.ta.i no de.su ga	
杉本：	そうですか。それじゃ、早いほうがいいですよね。あさっての午後はいかがですか。	杉本：是嗎？那麼，盡早比較好吧。後天的下午如何呢？
su.gi.mo.to	so.o de.su ka so.re ja ha.ya.i ho.o ga i.i de.su yo ne a.sa.t.te no go.go wa i.ka.ga de.su ka	

MP3 38

わたし： wa.ta.shi	あさってですか。今（いま）、スケジュールを確認（かくにん）します。 a.sa.t.te de.su ka i.ma su.ke.ju.u.ru o ka.ku.ni.n.shi.ma.su ……すみません。その日（ひ）の午後（ごご）は来客（らいきゃく）があるので……。 su.mi.ma.se.n so.no hi no go.go wa ra.i.kya.ku ga a.ru no.de	我：後天是吧？我現在確認行程。……不好意思。因為那一天下午有訪客……。
杉本（すぎもと）： su.gi.mo.to	それなら、午前中（ごぜんちゅう）はいかがですか。例（たと）えば10時（じゅうじ）とか。 so.re na.ra go.ze.n.chu.u wa i.ka.ga de.su ka ta.to.e.ba ju.u.ji to.ka	杉本：那麼，早上如何呢？比如十點之類的。
わたし： wa.ta.shi	はい、だいじょうぶです。デザイナーも連（つ）れて3人（さんにん）で伺（うかが）う予定（よてい）です。 ha.i da.i.jo.o.bu de.su de.za.i.na.a mo tsu.re.te sa.n.ni.n de u.ka.ga.u yo.te.e de.su	我：好的，沒問題。我打算連同設計師，三個人過去拜訪。
杉本（すぎもと）： su.gi.mo.to	かしこまりました。お待（ま）ちしております。 ka.shi.ko.ma.ri.ma.shi.ta o ma.chi shi.te o.ri.ma.su	杉本：（我）知道了。我會等您們。

07 拜訪客戶

顧客訪問（こきゃくほうもん）

一定要聽得懂的一句話！

1. お待（ま）たせいたしました。
o ma.ta.se i.ta.shi.ma.shi.ta
讓您久等了。

2. 失礼（しつれい）ですが、どちら様（さま）でしょうか。
shi.tsu.re.e de.su ga do.chi.ra sa.ma de.sho.o ka
不好意思，請問您是哪一位呢？

3. 担当（たんとう）の者（もの）が席（せき）を外（はず）してるんですが……。
ta.n.to.o no mo.no ga se.ki o ha.zu.shi.te.ru n de.su ga
負責的人不在位子上……。

4. 6日（むいか）はちょっと都合（つごう）が悪（わる）いので、その次（つぎ）の日（ひ）なんかどうですか。
mu.i.ka wa cho.t.to tsu.go.o ga wa.ru.i no.de so.no tsu.gi no hi na.n ka do.o de.su ka
因為六號有點不方便，隔一天之類的如何呢？

5. できればあさっての午後（ごご）にしていただきたいんですが……。
de.ki.re.ba a.sa.t.te no go.go ni shi.te i.ta.da.ki.ta.i n de.su ga
可以的話，希望改為後天的下午……。

6. 上司（じょうし）に相談（そうだん）してみないと分（わ）かりません。
jo.o.shi ni so.o.da.n.shi.te mi.na.i to wa.ka.ri.ma.se.n
沒有與上司商量看看的話不曉得。

一定要說的一句話！

1. できるだけ早いほうがいいと存じますが……。

de.ki.ru da.ke ha.ya.i ho.o ga i.i to zo.n.ji.ma.su ga

我想盡可能越快越好……。

2. お時間を割いていただきたいのですが……。

o ji.ka.n o sa.i.te i.ta.da.ki.ta.i no de.su ga

希望您抽空……。

3. 何時頃がよろしいでしょうか。

na.n.ji go.ro ga yo.ro.shi.i de.sho.o ka

您大概幾點可以呢？

4. 来週の月曜日に訪問してもよろしいでしょうか。

ra.i.shu.u no ge.tsu.yo.o.bi ni ho.o.mo.n.shi.te mo yo.ro.shi.i de.sho.o ka

可以下禮拜一拜訪嗎？

5. 電話ではなく、お目にかかってお話したいのですが……。

de.n.wa de wa na.ku o me ni ka.ka.t.te o ha.na.shi shi.ta.i no de.su ga

希望不是電話，而是當面說……。

6. スケジュールを調整します。

su.ke.ju.u.ru o cho.o.se.e.shi.ma.su

調整行程。

2）表明來意

わたし： 突然すみません。
wa.ta.shi to.tsu.ze.n su.mi.ma.se.n

我：不好意思突然來訪。

フロント：どちら様でしょうか。
fu.ro.n.to do.chi.ra sa.ma de.sho.o ka

櫃台：您是哪一位呢？

わたし： 日の丸商事の呉と申します。
wa.ta.shi hi.no.ma.ru sho.o.ji no u.u to mo.o.shi.ma.su

アポはとってないんですが、営業担当の方とお話したいことがあって……。
a.po wa to.t.te na.i n de.su ga e.e.gyo.o ta.n.to.o no ka.ta to o ha.na.shi shi.ta.i ko.to ga a.t.te

我：我是日丸商事的吳。雖然沒有預約，但想與營業的負責人商談……。

フロント：お約束ではないんですね。失礼ですが、どのようなお話でしょうか。
fu.ro.n.to o ya.ku.so.ku de wa na.i n de.su ne shi.tsu.re.e de.su ga do.no yo.o.na o ha.na.shi de.sho.o ka

櫃台：（您說）沒有預約是吧。不好意思，是什麼樣的事呢？

わたし： 新商品が完成したので、見ていただけないかと思って。
wa.ta.shi shi.n.sho.o.hi.n ga ka.n.se.e.shi.ta no.de mi.te i.ta.da.ke.na.i ka to o.mo.t.te

我：因為新商品完成了，所以想說可不可以請（他們）看看。

フロント：かしこまりました。日の丸商事の呉様ですね。営業に連絡してみます。

fu.ro.n.to　ka.shi.ko.ma.ri.ma.shi.ta hi.no.ma.ru sho.o.ji no u.u sa.ma de.su ne e.e.gyo.o ni re.n.ra.ku.shi.te mi.ma.su

櫃台：（我）知道了。是日丸商事的吳先生是吧。（我）與營業部聯絡看看。

わたし：すみません。お願いします。

wa.ta.shi　su.mi.ma.se.n o ne.ga.i shi.ma.su

我：不好意思。麻煩您了。

フロント：20分くらいでしたらだいじょうぶとのことです。

fu.ro.n.to　ni.ju.p.pu.n ku.ra.i de.shi.ta.ra da.i.jo.o.bu to no ko.to de.su

今、担当の者が下りて参りますので、お待ちください。

i.ma ta.n.to.o no mo.no ga o.ri.te ma.i.ri.ma.su no.de o ma.chi ku.da.sa.i

櫃台：聽説如果是二十分鐘左右的話沒問題。現在負責的人會下來，所以請稍等。

わたし：はい。ありがとうございました。

wa.ta.shi　ha.i a.ri.ga.to.o go.za.i.ma.shi.ta

我：好的。謝謝您。

07 拜訪客戶

顧客訪問（こきゃくほうもん）

▶▶▶

一定要聽得懂的一句話！

1. こちらにお名前（なまえ）と会社名（かいしゃめい）をご記入（きにゅう）ください。

ko.chi.ra ni o na.ma.e to ka.i.sha me.e o go ki.nyu.u ku.da.sa.i

請在這裡寫下您的大名與公司名稱。

2. お約束（やくそく）は取（と）られていらっしゃいますか。

o ya.ku.so.ku wa to.ra.re.te i.ra.s.sha.i.ma.su ka

您有預約嗎？

3. アポはありますか。

a.po wa a.ri.ma.su ka

您有預約嗎？

4. どういったお話（はなし）ですか。

do.o i.t.ta o ha.na.shi de.su ka

什麼樣的事情呢？

5. 何時（なんじ）のご予約（よやく）でしょうか。

na.n.ji no go yo.ya.ku de.sho.o ka

幾點的預約呢？

6. あちらの応接室（おうせつしつ）でお待（ま）ちいただけますか。

a.chi.ra no o.o.se.tsu.shi.tsu de o ma.chi i.ta.da.ke.ma.su ka

可以請您在那邊的接待室等候嗎？

▶▶▶

一定要說的一句話！

1. デザイン部の方とお話したいことがあるんですが……。

de.za.i.n.bu no ka.ta to o ha.na.shi shi.ta.i ko.to ga a.ru n de.su ga

想與設計部的人討論……。

2. 突然で申しわけございません。

to.tsu.ze.n de mo.o.shi.wa.ke go.za.i.ma.se.n

不好意思突然來訪。

3. アポなしなんですが……。

a.po na.shi na n de.su ga

雖然沒有預約……。

4. 約束は取ってないんですが……。

ya.ku.so.ku wa to.t.te na.i n de.su ga

雖然沒有預約……。

5. 今日は約束ではないんですが、近くまで来たので業務の古川さんにごあいさつをと思いまして。

kyo.o wa ya.ku.so.ku de wa na.i n de.su ga chi.ka.ku ma.de ki.ta no.de gyo.o.mu no fu.ru.ka.wa sa.n ni go a.i.sa.tsu o to o.mo.i.ma.shi.te

雖然今天沒有約，但因為來到附近，所以想說與業務部的古川先生打招呼。

6. 古川部長はもうアメリカ出張から戻られましたか。

fu.ru.ka.wa bu.cho.o wa mo.o a.me.ri.ka shu.c.cho.o ka.ra mo.do.ra.re.ma.shi.ta ka

古川部長已經從美國出差回來了嗎？

不喜歡說「NO」(不)的日本人！

周遭有日本朋友的人都會這麼覺得吧！認為日本人是個心裡有話卻不直接說出口的民族，而相對的，台灣人就比較有話直說。探討這個問題，並非評論誰對誰錯，因為這只是單純文化上的差異，但這樣的文化差異卻常常造成許多誤會。

說個實際的案例吧！我有位嫁到日本的台灣朋友，順道一提，她的日文很流利。某天，她有個機會可以在台灣朋友家打麻將。到了晚上，她打電話問老公：「友達とマージャンしてるんだけど、遅くなってもいい？」（我正和朋友一起打麻將，可以晚點回家嗎？）老公一如往常用溫柔的語調說：「いいよ、好きなだけやってな」（好啊！想要打到幾點都可以啊！）當她很高興地玩到凌晨三點，沒想到她的老公卻氣沖沖地一直等到她回家，大罵她說：「お前みたいな不良妻はもう帰ってこないでいい」（像您這樣的不良妻子，可以不用回家了。）但對她來說，根本不知道發生什麼事了。就這件事，您覺得如何呢？如果是日本人的話，應該很明白這是怎麼一回事。因為日本老公嘴上說：「いいよ」（好啊），實際上卻是「だめだ」（不行）的意思。

上述例子與職場的話題，雖稍有偏離，不過可以知道日本人天生對於「NO」（不、拒絕）是難於啟齒的。比方說，假設日本上司邀

約您一同飲酒，而您卻早已有約，這時要如何回應呢？是要「今日は友達と映画を見に行くのでだめです」（今天和朋友約好要去看電影，所以不行）這樣清楚地說出理由，還是直接拒絕呢？但不管哪一種應該都會得罪上司。此時，換做是日本人的話，就會說「すみません、今日はちょっと……」（不好意思，今天有點……）。首先，以「すみません」（不好意思）表示歉意，再以「ちょっと……」（有點……）詞彙含糊帶過，如此就能獲得上司的諒解。日本人之間的對話裡，有很多時候是像這樣，不需用太多言語就能意會的。日本人，真是不可思議啊！（笑）

損(そん)せぬ人(ひと)に儲(もう)けなし

吃虧就是佔便宜（自損以驕之，則其後可以驟勝）

08 交換名片

交換名片小小的動作，可是有大大的學問。在日商公司上班或和日本人做生意，在遞交名片時，該說些什麼、又要注意些什麼呢？請跟著本單元學習。

08 交換名片

名刺交換

1）問候初次見面的客戶

わたし：　はじめまして。日の丸商事の呉と申します。（名刺を差し出す。）

wa.ta.shi　ha.ji.me.ma.shi.te hi.no.ma.ru sho.o.ji no u.u to mo.o.shi.ma.su me.e.shi o sa.shi.da.su

我：初次見面。我是日丸商事，敝姓吳。（遞出名片。）

担当者：　ちょうだいいたします。（名刺を受け取る。）

ta.n.to.o.sha　cho.o.da.i i.ta.shi.ma.su me.e.shi o u.ke.to.ru

青田貿易の横井と申します。（名刺を差し出す。）

a.o.ta bo.o.e.ki no yo.ko.i to mo.o.shi.ma.su me.e.shi o sa.shi.da.su

負責人：容我收下。（收下名片。）我是青田貿易，敝姓橫井。（遞出名片。）

わたし：　ちょうだいいたします。（名刺を受け取る。）

wa.ta.shi　cho.o.da.i i.ta.shi.ma.su me.e.shi o u.ke.to.ru

いつも課長の藤田がお世話になっております。

i.tsu.mo ka.cho.o no fu.ji.ta ga o se.wa ni na.t.te o.ri.ma.su

我：容我收下。（收下名片。）經常承蒙您照顧課長藤田。

担当者(たんとうしゃ)：　いえいえ、こちらこそ。藤田課長(ふじたかちょう)にはいつもごちそうになってばかりで。

ta.n.to.o.sha　i.e i.e ko.chi.ra ko.so fu.ji.ta ka.cho.o ni wa i.tsu.mo go.chi.so.o ni na.t.te ba.ka.ri de

負責人：沒有沒有，我這邊才是。經常讓藤田課長請客。

わたし：　いいえ、藤田(ふじた)は横井(よこい)さんと飲(の)むのをたいへん楽(たの)しみにしてるんですよ。

wa.ta.shi　i.i.e fu.ji.ta wa yo.ko.i sa.n to no.mu no o ta.i.he.n ta.no.shi.mi ni shi.te.ru n de.su yo

我：不，藤田一直非常期待與橫井先生喝酒喔。

担当者(たんとうしゃ)：　そういっていただけるとうれしいです。わたしも藤田課長(ふじたかちょう)と飲(の)むのは楽(たの)しくて。

ta.n.to.o.sha　so.o i.t.te i.ta.da.ke.ru to u.re.shi.i de.su wa.ta.shi mo fu.ji.ta ka.cho.o to no.mu no wa ta.no.shi.ku.te

負責人：被那樣說很高興。我與藤井課長喝酒也很開心。

08 交換名片

名刺交換（めいしこうかん）

一定要聽得懂的一句話！

1. お会（あ）いできてうれしいです。
o a.i de.ki.te u.re.shi.i de.su
很高興認識您。

2. お目（め）にかかれて光栄（こうえい）です。
o me ni ka.ka.re.te ko.o.e.e de.su
見到您很榮幸。

3. こちらが新（あたら）しい名刺（めいし）です。
ko.chi.ra ga a.ta.ra.shi.i me.e.shi de.su
這是新的名片。

4. ご高名（こうめい）はかねがね伺（うかが）っております。
go ko.o.me.e wa ka.ne.ga.ne u.ka.ga.t.te o.ri.ma.su
久仰大名。

5. あいにく名刺（めいし）が切（き）れてしまいまして……。
a.i.ni.ku me.e.shi ga ki.re.te shi.ma.i.ma.shi.te
名片不巧用完……。

6. こちらの携帯（けいたい）がいつも使用（しよう）しているほうです。
ko.chi.ra no ke.e.ta.i ga i.tsu.mo shi.yo.o.shi.te i.ru ho.o de.su
這邊的手機號碼是經常在用的。

一定要說的一句話！

1. こちらこそ、お会(あ)いできてうれしいです。

ko.chi.ra ko.so o a.i de.ki.te u.re.shi.i de.su

彼此彼此，我也很高興認識您。

2. ご噂(うわさ)はかねがね伺(うかが)っております。

go u.wa.sa wa ka.ne.ga.ne u.ka.ga.t.te o.ri.ma.su

久仰關於您的事。

3. ご尊名(そんめい)はかねがね伺(うかが)っております。

go so.n.me.e wa ka.ne.ga.ne u.ka.ga.t.te o.ri.ma.su

久仰您的大名。

4. 大山(おおやま)さんのご活躍(かつやく)はかねがね伺(うかが)っております。

o.o.ya.ma sa.n no go ka.tsu.ya.ku wa ka.ne.ga.ne u.ka.ga.t.te o.ri.ma.su

久仰大山先生的豐功偉業。

5. 名刺(めいし)をもう1枚(いちまい)いただけると助(たす)かるんですが……。

me.e.shi o mo.o i.chi.ma.i i.ta.da.ke.ru to ta.su.ka.ru n de.su ga

如果可以再拿一張名片就幫了大忙……。

6. 御社(おんしゃ)はわたしの実家(じっか)の近(ちか)くにあるんですね。

o.n.sha wa wa.ta.shi no ji.k.ka no chi.ka.ku ni a.ru n de.su ne

貴公司在我老家的附近耶。

2) 詢問姓名的唸法

わたし：　ちょうだいいたします。（名刺（めいし）を受（う）け取（と）る。）

wa.ta.shi　cho.o.da.i i.ta.shi.ma.su me.e.shi o u.ke.to.ru

失礼（しつれい）ですが、お名前（なまえ）は何（なん）とお読（よ）みすればよろしいのでしょうか。

shi.tsu.re.e de.su ga o na.ma.e wa na.n to o yo.mi su.re.ba yo.ro.shi.i de.sho.o ka

我：容我收下。（收下名片。）不好意思，請問您的名字要怎麼唸好呢？

担当者（たんとうしゃ）（杉下米子（すぎしたよねこ））：「よねこ」と読（よ）みます。

ta.n.to.o.sha su.gi.shi.ta yo.ne.ko yo.ne.ko to yo.mi.ma.su

負責人（杉下米子）：唸做「よねこ」。

わたし：　「すぎしたよねこ」様（さま）ですね。

wa.ta.shi　su.gi.shi.ta yo.ne.ko sa.ma de.su ne

我：是「すぎしたよねこ」小姐是吧。

担当者（たんとうしゃ）（杉下米子（すぎしたよねこ））：ええ。

ta.n.to.o.sha su.gi.shi.ta yo.ne.ko e.e

負責人（杉下米子）：是的。

わたし：　失礼（しつれい）いたしました。

wa.ta.shi　shi.tsu.re.e i.ta.shi.ma.shi.ta

我：失禮了。

担当者（たんとうしゃ）（杉下米子（すぎしたよねこ））：いいえ、よく「こめこ」さんですかって言（い）われるんですよ（笑（わら）い）。

ta.n.to.o.sha su.gi.shi.ta yo.ne.ko i.i.e yo.ku ko.me.ko sa.n de.su ka t.te i.wa.re.ru n de.su yo wa.ra.i

負責人（杉下米子）：不會，常常被問是「こめこ」小姐呢！（笑）

わたし：　そうですか。どうぞよろしくお願（ねが）いします。

wa.ta.shi　so.o de.su ka do.o.zo yo.ro.shi.ku o ne.ga.i shi.ma.su

我：是嗎？請您多多指教。

08 交換名片

名刺交換（めいしこうかん）

▶▶▶

一定要聽得懂的一句話！

1. このお名前（なまえ）は……。
ko.no o na.ma.e wa
這大名是……。

2. 難（むずか）しいお名前（なまえ）ですね。
mu.zu.ka.shi.i o na.ma.e de.su ne
很難（唸）的名字呢。

3. なかなか見（み）ないお名前（なまえ）ですね。
na.ka.na.ka mi.na.i o na.ma.e de.su ne
很少見的名字耶。

4. 珍（めずら）しいお名前（なまえ）ですね。
me.zu.ra.shi.i o na.ma.e de.su ne
很少有的名字耶。

5. どうお読（よ）みしたらいいのか分（わ）からないんですが……。
do.o o yo.mi shi.ta.ra i.i no ka wa.ka.ra.na.i n de.su ga
不知道該如何唸才好……。

6. 読（よ）み方（かた）を教（おし）えていただけますか。
yo.mi.ka.ta o o.shi.e.te i.ta.da.ke.ma.su ka
可以告訴我唸法嗎？

一定要說的一句話！

1. 初めて見るお名前なんで……。
ha.ji.me.te mi.ru o na.ma.e na n de
因為是第一次看到的名字……。

2. 「籾山」様でよろしいのでしょうか。
mo.mi.ya.ma sa.ma de yo.ro.shi.i no de.sho.o ka
是「もみやま」小姐對嗎？

3. 読み方は「籾山」様で合ってますか。
yo.mi.ka.ta wa mo.mi.ya.ma sa.ma de a.t.te.ma.su ka
唸法是「もみやま」小姐對嗎？

4. 読み方は「王」でも「王」でもかまいません。
yo.mi.ka.ta wa wa.n de.mo o.o de.mo ka.ma.i.ma.se.n
唸法是「ワン」或「おう」都可以。

5. 「呉」でも「呉」でもどちらでもいいですよ。
u.u de.mo go de.mo do.chi.ra de.mo i.i de.su yo
不管是「ウー」或者是「ご」都可以唷。

6. どうお呼びしたらよろしいですか。
do.o o yo.bi shi.ta.ra yo.ro.shi.i de.su ka
如何稱呼好呢？

交換名片也可以給別人留下好印象？

在商場初次見面，總是以交換名片當作開頭。交換名片可說是工作裡，再基本也不過的事了。即便如此，無法做得很好的人還是相當多。由於日本人相當重視這樣的職場禮儀，所以好好學習如何交換名片，給初次見面的對方一個好印象吧！

交換時，首先要將名片盒預備好放在手邊。接著以後輩、地位低或拜訪者先遞出名片為原則。若有前輩或上司同行，則由前輩或上司先遞出再輪到自己。遞交時，一邊單手拿出名片、另一隻手隨後立即補上、雙手拿著，一邊正視對方的臉，一邊以對方看得見的方向遞給對方。在此同時，也要清楚地報上自己的公司名稱、職位及姓名，一邊問候一邊鞠躬。

收取名片時，須用兩隻手以在胸前的高度收下。要邊說「ちょうだいいたします」（容我收下），邊做動作。此時也要注意自己的手指不可以遮住對方名片上的公司名稱或姓名。如果不太清楚對方姓名漢字的唸法時，要用「失礼（しつれい）ですが、何（なん）とお読（よ）みすればよろしいのでしょうか」（很抱歉，這要怎麼唸比較好呢）來詢問，再次確認其讀音。而收下的名片，不可以立刻收起來，要放置在桌上。若是雙方同時遞出名片的話，應該以右手遞出，左手收下，收下後右手立刻補上，因為用兩手拿著名片比較適當。

本文一開始就提到，交換名片是件重要的事情，所以忘了帶名片，可說是非常離譜。不過，萬一真的碰到忘了帶名片的狀況時，要如何處理比較好呢？千萬不可以說：「忘（わす）れてしまいました」（我忘了帶名片）。請試試看「申しわけございません。名刺を切らしておりまして……」（真是抱歉，名片剛好用完……）這樣的說法吧！之後回到公司，立刻附上道歉函並回寄名片，這樣的話，對方應該會對您留下好印象。在職場上，即使是如此小的事情，也要謹慎地跨出每一步。

志（こころざし）あれば必（かなら）ず成功（せいこう）する

有志者事竟成

09 介紹

在日商公司，光知道如何「自我介紹」是不夠的。有關「介紹上司」、「介紹同事」、還有「介紹公司的產品」，都有一套準則。如何開口？要掌握哪些重點？學習本單元將讓您面面俱到。

1) 介紹上司

わたし：	ご紹介します。弊社の部長の杉山と係長の木村です。	我：（我）來（為您）介紹。敝公司的部長杉山以及股長木村。
wa.ta.shi	go sho.o.ka.i shi.ma.su he.e.sha no bu.cho.o no su.gi.ya.ma to ka.ka.ri.cho.o no ki.mu.ra de.su	
杉山：	杉山です。	杉山：我是杉山。
su.gi.ya.ma	su.gi.ya.ma de.su	
木村：	木村です。はじめまして。	木村：我是木村。初次見面。
ki.mu.ra	ki.mu.ra de.su ha.ji.me.ma.shi.te	
相手：	はじめまして。黒岩商事の山下です。こちらは弊社の部長の渡辺です。	對方：初次見面。我是黑岩商事的山下。這位是敝公司的部長渡邊。
a.i.te	ha.ji.me.ma.shi.te ku.ro.i.wa sho.o.ji no ya.ma.shi.ta de.su ko.chi.ra wa he.e.sha no bu.cho.o no wa.ta.na.be de.su	

杉山（すぎやま）： su.gi.ya.ma	はじめまして。 ha.ji.me.ma.shi.te	杉山：初次見面。
木村（きむら）： ki.mu.ra	はじめまして。 ha.ji.me.ma.shi.te	木村：初次見面。
わたし： wa.ta.shi	はじめまして。 ha.ji.me.ma.shi.te	我：初次見面。
渡辺（わたなべ）： wa.ta.na.be	はじめまして。うちの山下（やました）がいつもお世話（せわ）になっております。 ha.ji.me.ma.shi.te u.chi no ya.ma.shi.ta ga i.tsu.mo o se.wa ni na.t.te o.ri.ma.su	渡邊：初次見面。我們公司的山下經常承蒙您們的照顧。

09 介紹

紹介(しょうかい)

▶▶▶

一定要聽得懂的一句話！

1. 弊社(へいしゃ)の社長(しゃちょう)の斎藤(さいとう)です。

he.e.sha no sha.cho.o no sa.i.to.o de.su

是敝公司的社長齋藤。

2. 部長(ぶちょう)の井上(いのうえ)です。

bu.cho.o no i.no.u.e de.su

是部長井上。

3. お忙(いそが)しいところすみません。

o i.so.ga.shi.i to.ko.ro su.mi.ma.se.n

百忙之中（打擾您）不好意思。

4. そちらが清水(しみず)専務(せんむ)ですか。

so.chi.ra ga shi.mi.zu se.n.mu de.su ka

那邊是清水專務董事嗎？

5. だいぶ前(まえ)に、ブックフェアでお会(あ)いしたことがありますよね。

da.i.bu ma.e ni bu.k.ku.fe.a de o a.i shi.ta ko.to ga a.ri.ma.su yo ne

很久以前，在書展有見過面吧。

6. どこかでお会(あ)いしたことがありませんか。

do.ko ka de o a.i shi.ta ko.to ga a.ri.ma.se.n ka

是不是在哪裡有見過面呢？

一定要說的一句話！

1. 弊社の会長の恩田です。

he.e.sha no ka.i.cho.o no o.n.da de.su

是敝公司的會長恩田。

2. 弊社の取締役の蔡です。

he.e.sha no to.ri.shi.ma.ri.ya.ku no tsa.i de.su

是敝公司的董事蔡。

3. 弊社の重役の楊です。

he.e.sha no ju.u.ya.ku no ya.n de.su

是敝公司的董事楊。

4. 弊社の常務の欧陽です。

he.e.sha no jo.o.mu no o.o.ya.n de.su

是敝公司的常務董事歐陽。

5. 弊社の秘書の李です。

he.e.sha no hi.sho no ri.i de.su

是敝公司的祕書李。

6. 店長の頼です。

te.n.cho.o no ra.i de.su

是店長賴。

▶▶▶

2）介紹同事

わたし：	こちらはデザインを担当(たんとう)している張(チャン)です。	我：這位是負責設計的張。
wa.ta.shi	ko.chi.ra wa de.za.i.n o ta.n.to.o.shi.te i.ru cha.n de.su	
張(チャン)：	はじめまして。デザイナーの張(チャン)です。よろしくお願(ねが)いします。	張：初次見面。（我是）設計師張。請多多指教。
cha.n	ha.ji.me.ma.shi.te de.za.i.na.a no cha.n de.su yo.ro.shi.ku o ne.ga.i shi.ma.su	
相手(あいて)：	はじめまして。神谷(かみや)です。こちらこそよろしく。	對方：初次見面。（我）是神谷。也請（您）多多指教。
a.i.te	ha.ji.me.ma.shi.te ka.mi.ya de.su ko.chi.ra ko.so yo.ro.shi.ku	
わたし：	それから、こっちが香港人(ホンコンじん)スタッフの蘇(スー)です。	我：然後，這位是香港籍員工蘇。中國市場全部都是由她來負責。
wa.ta.shi	so.re ka.ra ko.c.chi ga ho.n.ko.n.ji.n su.ta.f.fu no su.u de.su	
	中国(ちゅうごく)マーケットはすべて彼女(かのじょ)が担当(たんとう)しています。	
	chu.u.go.ku ma.a.ke.t.to wa su.be.te ka.no.jo ga ta.n.to.o shi.te i.ma.su	

相手（あいて）：　そうですか。よろしくお願（ねが）いします。

a.i.te　so.o de.su ka yo.ro.shi.ku o ne.ga.i shi.ma.su

對方：那樣啊！請多多指教。

蘇（スー）：　蘇（スー）です。よろしくお願（ねが）いします。

su.u　su.u de.su yo.ro.shi.ku o ne.ga.i shi.ma.su

蘇：（我）是蘇。請多多指教。

相手（あいて）：　どこかでお会（あ）いしたことがありましたっけ。

a.i.te　do.ko ka de o a.i shi.ta ko.to ga a.ri.ma.shi.ta k.ke

對方：是不是在哪裡有見過面呢？

蘇（スー）：　いいえ、お会（あ）いしたのは初（はじ）めてだと思（おも）いますが……。

su.u　i.i.e o a.i shi.ta no wa ha.ji.me.te da to o.mo.i.ma.su ga

蘇：不，我想是第一次見面吧……。

09 介紹

紹介（しょうかい）

▶▶▶

一定要聽得懂的一句話！

1. 彼（かれ）は派遣社員（はけんしゃいん）です。

ka.re wa ha.ke.n.sha.i.n de.su

他是派遣人員。

2. 新（あたら）しいデザイナーの吉井（よしい）です。

a.ta.ra.shi.i de.za.i.na.a no yo.shi.i de.su

是新的設計師吉井。

3. 才能豊（さいのうゆた）かな方（かた）だと伺（うかが）っております。

sa.i.no.o yu.ta.ka.na ka.ta da to u.ka.ga.t.te o.ri.ma.su

聽說您是才華洋溢的人。

4. お会（あ）いできてよかったです。

o a.i de.ki.te yo.ka.t.ta de.su

能見到您太好了。

5. かねがねお会（あ）いしたいと思（おも）っていたところです。

ka.ne.ga.ne o a.i shi.ta.i to o.mo.t.te i.ta to.ko.ro de.su

久仰大名，早就想認識您了。

6. やっとお目（め）にかかれてうれしいです。

ya.t.to o me ni ka.ka.re.te u.re.shi.i de.su

很高興終於能夠見到面。

▶▶▶

一定要說的一句話！

1. お初にお目にかかります。

o ha.tsu ni o me ni ka.ka.ri.ma.su

第一次（與您）見面。

2. 新人営業マンの高橋です。

shi.n.ji.n e.e.gyo.o ma.n no ta.ka.ha.shi de.su

是新進的營業員高橋。

3. そちらがいつもすてきなデザインをなさる石野さんですか。

so.chi.ra ga i.tsu.mo su.te.ki.na de.za.i.n o na.sa.ru i.shi.no sa.n de.su ka

那位是每次都做出很棒的設計的石野小姐嗎？

4. こちらが商品企画を担当します片上です。

ko.chi.ra ga sho.o.hi.n ki.ka.ku o ta.n.to.o.shi.ma.su ka.ta.ga.mi de.su

這位是負責商品企劃的片上。

5. こちらがネット販売担当の北浦です。

ko.chi.ra ga ne.t.to ha.n.ba.i ta.n.to.o no ki.ta.u.ra de.su

這位是負責網路銷售的北浦。

6. こちらがシステムエンジニアの大石です。

ko.chi.ra ga shi.su.te.mu e.n.ji.ni.a no o.o.i.shi de.su

這位是系統工程師大石。

3) 介紹公司產品

わたし：	（資料（しりょう）を渡（わた）す。）まず、そちらの資料（しりょう）をご覧（らん）ください。	我：（遞交資料。）首先，請看那邊的資料。
wa.ta.shi	shi.ryo.o o wa.ta.su ma.zu so.chi.ra no shi.ryo.o o go ra.n ku.da.sa.i	
相手（あいて）：	（資料（しりょう）に目（め）を通（とお）す。）	對方：（看資料。）
a.i.te	shi.ryo.o ni me o to.o.su	
わたし：	一番上（いちばんうえ）にあるのが旧来（きゅうらい）のモデルです。そしてその下（した）にあるのが、新（しん）モデルです。	我：在最上面的，是舊型。然後在那下面的，是新型。有關產品的構造，就如同那裡所示。
wa.ta.shi	i.chi.ba.n u.e ni a.ru no ga kyu.u.ra.i no mo.de.ru de.su so.shi.te so.no shi.ta ni a.ru no ga shi.n mo.de.ru de.su	
	製品（せいひん）の仕組（しく）みにつきましては、そこにある通（とお）りです。	
	se.e.hi.n no shi.ku.mi ni tsu.ki.ma.shi.te wa so.ko ni a.ru to.o.ri de.su	
相手（あいて）：	サンプルはありますか。	對方：有樣品嗎？
a.i.te	sa.n.pu.ru wa a.ri.ma.su ka	

わたし：　すみません。まだ完成（かんせい）したばかりですので、サンプルはございません。

wa.ta.shi　su.mi.ma.se.n ma.da ka.n.se.e.shi.ta ba.ka.ri de.su no.de sa.n.pu.ru wa go.za.i.ma.se.n

我：不好意思。因為剛完成而已，所以沒有樣品。

相手（あいて）：　そうですか。

a.i.te　so.o de.su ka

對方：那樣啊！

わたし：　来週（らいしゅう）にはできあがってくる予定（よてい）ですので、手元（てもと）に入（はい）り次第（しだい）、郵送（ゆうそう）させていただくつもりです。

wa.ta.shi　ra.i.shu.u ni wa de.ki.a.ga.t.te ku.ru yo.te.e de.su no.de te.mo.to ni ha.i.ri shi.da.i yu.u.so.o.sa.se.te i.ta.da.ku tsu.mo.ri de.su

我：預定下禮拜會做出來，打算一拿到後便立刻郵寄給您。

相手（あいて）：　よろしくお願（ねが）いします。今（いま）までにない商品（しょうひん）ですから、たいへん楽（たの）しみです。

a.i.te　yo.ro.shi.ku o ne.ga.i shi.ma.su i.ma ma.de ni na.i sho.o.hi.n de.su ka.ra ta.i.he.n ta.no.shi.mi de.su

對方：麻煩您了。因為是前所未有的產品，所以非常期待。

09 介紹

紹介（しょうかい）

▶▶▶

一定要聽得懂的一句話！

1. 御社（おんしゃ）の新商品（しんしょうひん）について、さらに詳（くわ）しく知（し）りたいんですが……。
o.n.sha no shi.n.sho.o.hi.n ni tsu.i.te sa.ra.ni ku.wa.shi.ku shi.ri.ta.i n de.su ga
關於貴公司的新商品，想知道得更詳細……。

2. このモデルのサンプルはありますか。
ko.no mo.de.ru no sa.n.pu.ru wa a.ri.ma.su ka
有這型的樣品嗎？

3. いくつのタイプがありますか。
i.ku.tsu no ta.i.pu ga a.ri.ma.su ka
有幾種類型呢？

4. 御社（おんしゃ）の新商品（しんしょうひん）に興味（きょうみ）があるんですが……。
o.n.sha no shi.n.sho.o.hi.n ni kyo.o.mi ga a.ru n de.su ga
對貴公司的新商品有興趣……。

5. 特徴（とくちょう）について説明（せつめい）していただけますか。
to.ku.cho.o ni tsu.i.te se.tsu.me.e.shi.te i.ta.da.ke.ma.su ka
關於特徵，可以請您說明嗎？

6. 欠点（けってん）はないんでしょうか。
ke.t.te.n wa na.i n de.sho.o ka
沒有缺點嗎？

一定要說的一句話！

1. すみません、それは企業秘密(きぎょうひみつ)です。

su.mi.ma.se.n so.re wa ki.gyo.o hi.mi.tsu de.su

不好意思。那是企業機密。

2. これが今一番売(いまいちばんう)れている品(しな)です。

ko.re ga i.ma i.chi.ba.n u.re.te i.ru shi.na de.su

這就是目前賣得最好的商品。

3. これはベストセラー商品(しょうひん)です。

ko.re wa be.su.to.se.ra.a sho.o.hi.n de.su

這是暢銷商品。

4. 今(いま)、一番(いちばん)のおすすめがそれです。

i.ma i.chi.ba.n no o su.su.me ga so.re de.su

目前最推薦的就是那個。

5. タッチパネル搭載(とうさい)の新(あたら)しいタイプの機種(きしゅ)です。

ta.c.chi pa.ne.ru to.o.sa.i no a.ta.ra.shi.i ta.i.pu no ki.shu de.su

裝載觸控面板的新型機種。

6. 軽(かる)くて見(み)やすいのが特徴(とくちょう)です。

ka.ru.ku.te mi.ya.su.i no ga to.ku.cho.o de.su

又輕又容易看是特色。

接待顧客的「あ・い・う・え・お」法則！

日本人在接待客戶以及服務方面，可說是世界頂級的。而且在職場上，人人都以遵守「あ・い・う・え・お」法則為基本待客之道。說到這個法則，其內容不僅是待客之道，也是日常生活或職場中都用得到的基本禮儀。藉由了解此法則，在熟悉待客基本禮儀的同時，若能把它的精神靈活運用在自己的職場裡，定能提升客戶對您的評價喔！就讓我們運用得宜的待客基本禮儀，一把抓住日本人的心吧！

接待客戶的「あ・い・う・え・お」法則：

あ　明（あか）るく元気（げんき）よく（開朗且精神奕奕）：開朗是接待客戶的基本法則。不管碰到態度再怎樣不好的客人，都要用開朗的笑容來面對。

い　一生懸命（いっしょうけんめい）な対応（たいおう）で（全力以赴地應對）：如有誤解的情況發生時，不管理由是什麼，光是說「すみません」（對不起）是不夠的，一定要先用「たいへん申（もう）しわけございませんでした」（非常抱歉）來賠罪，全力以赴用心應對，客戶才能夠諒解。

う 上を向いて積極的に（積極地向前看）：就算客人有任何不友善的行為也絕對不可說的詞句，就是「だめです」（不行）、「やめてください」（請勿……），因為說了這句話就等於否定對方。遇到任何衝突，為了避免得罪對方，必須注意到用字及遣詞，若能委婉地說「ご協力いただけると助かります」（若能得到您的配合，真是太感謝了），一切問題必能迎刃而解。

え 笑顔いっぱいで（笑容可掬）：就如同字面所說，微笑！微笑！再微笑！

お 大きな声で（宏亮的聲音）：要在一堆不認識的人面前大聲地說話，的確是很難的事情，但是習慣之後，就不是什麼大不了的事了。

さんにん よ もんじゅ ちえ
三人寄れば文殊の知恵

三個臭皮匠，勝過一個諸葛亮

10 日本客戶來台

生意要做得好，不是一板一眼談公事就行。本單元從「接機」、「招待用餐」、「陪逛夜市」、「招待喝酒與卡拉 OK」、「買名產」一直到「送機」，告訴您若有貴賓來訪，該怎麼說，才能賓主盡歡。

10 日本客戶來台

日本人客(にほんじんきゃく)の来台(らいたい)

1）接機

わたし：　恩田(おんだ)さん、こちらです。お久(ひさ)しぶりです。

wa.ta.shi　o.n.da sa.n ko.chi.ra de.su o hi.sa.shi.bu.ri de.su

我：恩田小姐，這邊。好久不見。

お客(きゃく)：　呉(ウー)さん。お久(ひさ)しぶりです。わざわざありがとうございます。

o kya.ku　u.u sa.n o hi.sa.shi.bu.ri de.su wa.za.wa.za a.ri.ga.to.o go.za.i.ma.su

客人：吳先生。好久不見。謝謝您特別來（接機）。

わたし：　いいえ、こちらこそ。

wa.ta.shi　i.i.e ko.chi.ra ko.so

前回(ぜんかい)は東京(とうきょう)でお世話(せわ)になりましたので、今度(こんど)はわたしの番(ばん)です。

ze.n.ka.i wa to.o.kyo.o de o se.wa ni na.ri.ma.shi.ta no.de ko.n.do wa wa.ta.shi no ba.n de.su

荷物(にもつ)はこれだけですか。

ni.mo.tsu wa ko.re da.ke de.su ka

我：不，彼此彼此。上次在東京承蒙您的照顧，這次輪到我了。行李只有這個嗎？

お客(きゃく)：　ええ。

o kya.ku　e.e

客人：是的。

わたし：　お持(も)ちします。

wa.ta.shi　o mo.chi shi.ma.su

我：我來幫您拿。

お客(きゃく)：　いいえ、だいじょうぶです。軽(かる)いですから。

o kya.ku　i.i.e da.i.jo.o.bu de.su ka.ru.i de.su ka.ra

客人：不用，沒關係。因為很輕。

わたし：　あちらで車(くるま)を待(ま)たせてますので、こちらへどうぞ。

wa.ta.shi　a.chi.ra de ku.ru.ma o ma.ta.se.te.ma.su no.de ko.chi.ra e do.o.zo

我：我讓車子在那邊等著，請往這邊來。

お客(きゃく)：　すみません。お世話(せわ)になります。

o kya.ku　su.mi.ma.se.n o se.wa ni na.ri.ma.su

客人：不好意思。麻煩您了。

10 日本客戶來台

日本人客の来台

▶▶▶

一定要聽得懂的一句話！

1. 今日はわざわざすみません。
kyo.o wa wa.za.wa.za su.mi.ma.se.n
今天謝謝您特意前來。

2. 飛行機がかなり揺れたので、ちょっと気分が悪いです。
hi.ko.o.ki ga ka.na.ri yu.re.ta no.de cho.t.to ki.bu.n ga wa.ru.i de.su
因為飛機搖晃得很厲害，有點不舒服。

3. 先にホテルに寄っていただいてもいいですか。
sa.ki ni ho.te.ru ni yo.t.te i.ta.da.i.te mo i.i de.su ka
可不可以先繞到飯店一下？

4. 会社に直接連れて行ってもらえますか。
ka.i.sha ni cho.ku.se.tsu tsu.re.te i.t.te mo.ra.e.ma.su ka
可以直接帶我去公司嗎？

5. 台湾は想像以上に暑いですね。
ta.i.wa.n wa so.o.zo.o i.jo.o ni a.tsu.i de.su ne
台灣比我想像中更熱。

6. ここ数日はどうぞよろしくお願いいたします。
ko.ko su.u.ji.tsu wa do.o.zo yo.ro.shi.ku o ne.ga.i i.ta.shi.ma.su
這幾天要麻煩您關照。

一定要說的一句話！

1. 青島商事の恩田さんでいらっしゃいますか。

a.o.shi.ma sho.o.ji no o.n.da sa.n de i.ra.s.sha.i.ma.su ka

請問您是青島商事的恩田小姐嗎？

2. あいにく課長の藤田が急用で、わたしが代理で参りました。

a.i.ni.ku ka.cho.o no fu.ji.ta ga kyu.u.yo.o de wa.ta.shi ga da.i.ri de ma.i.ri.ma.shi.ta

因為課長藤田不巧突然有事，所以我代替他來。

3. 車を外に止めてあります。

ku.ru.ma o so.to ni to.me.te a.ri.ma.su

車子就停在外面。

4. ホテルまでお送りいたします。

ho.te.ru ma.de o o.ku.ri i.ta.shi.ma.su

送您到飯店。

5. 長旅でお疲れでしょう。

na.ga.ta.bi de o tsu.ka.re de.sho.o

長途飛行很累吧。

6. すみません、高速道路が渋滞していて遅れてしまいました。

su.mi.ma.se.n ko.o.so.ku do.o.ro ga ju.u.ta.i.shi.te i.te o.ku.re.te shi.ma.i.ma.shi.ta

對不起，因為高速公路塞車所以遲到了。

2) 招待用餐

わたし：	もしもし、呉です。今、ホテルのロビーに到着しました。	我：喂，我是吳。現在到了飯店大廳。
wa.ta.shi	mo.shi.mo.shi u.u de.su i.ma ho.te.ru no ro.bi.i ni to.o.cha.ku.shi.ma.shi.ta	
お客：	そうですか。今すぐ参りますので、少々お待ちください。	客人：是嗎？現在馬上過去，請稍等。……不好意思，讓您久等了。
o kya.ku	so.o de.su ka i.ma su.gu ma.i.ri.ma.su no.de sho.o.sho.o o ma.chi ku.da.sa.i	
	……すみません、お待たせしました。	
	su.mi.ma.se.n o ma.ta.se shi.ma.shi.ta	
わたし：	いいえ。じゃ、さっそく食事に出かけましょう。	我：不會。那麼，立刻出去吃飯吧。課長他們先去餐廳等您了。
wa.ta.shi	i.i.e ja sa.s.so.ku sho.ku.ji ni de.ka.ke.ma.sho.o	
	課長たちは先にレストランに行ってお待ちしています。	
	ka.cho.o ta.chi wa sa.ki ni re.su.to.ra.n ni i.t.te o ma.chi shi.te i.ma.su	

（レストランに着(つ)く）

re.su.to.ra.n ni tsu.ku

（到餐廳。）

藤田(ふじた)：　恩田(おんだ)さん、こっちこっち。

fu.ji.ta　o.n.da sa.n ko.c.chi ko.c.chi

藤田：恩田小姐，這裡這裡。

お客(きゃく)：　お待(ま)たせしてしまい、申(もう)しわけございません。

o kya.ku　o ma.ta.se shi.te shi.ma.i mo.o.shi.wa.ke go.za.i.ma.se.n

客人：讓您們久等了，真抱歉。

藤田(ふじた)：　いいえ。おなかが空(す)いたでしょう。

fu.ji.ta　i.i.e o.na.ka ga su.i.ta de.sho.o

もう注文(ちゅうもん)してありますが、ほかに食(た)べたいものがあったら注文(ちゅうもん)してください。

mo.o chu.u.mo.n.shi.te a.ri.ma.su ga ho.ka ni ta.be.ta.i mo.no ga a.t.ta.ra chu.u.mo.n.shi.te ku.da.sa.i

（メニューを渡(わた)す。）

me.nyu.u o wa.ta.su

藤田：不會。您肚子餓了吧。已經點菜了，但還有想吃的東西的話請您點。（遞菜單。）

お客(きゃく)：　いえ、中国語(ちゅうごくご)は分(わ)かりませんから、みなさんにお任(まか)せします。

o kya.ku　i.e chu.u.go.ku.go wa wa.ka.ri.ma.se.n ka.ra mi.na sa.n ni o ma.ka.se shi.ma.su

客人：不，因為（我）不懂中文，所以交給您們。

10 日本客戶來台

日本人客の来台

▶▶▶

一定要聽得懂的一句話！

1. 中華料理が大好きなので楽しみです。
chu.u.ka ryo.o.ri ga da.i.su.ki.na no.de ta.no.shi.mi de.su
因為非常喜歡中華料理，所以很期待。

2. 辛い物は苦手です。
ka.ra.i mo.no wa ni.ga.te de.su
不喜歡辣的東西。

3. メニューを見てもさっぱり分かりません。
me.nyu.u o mi.te mo sa.p.pa.ri wa.ka.ri.ma.se.n
看菜單也完全看不懂。

4. 台湾に来たらやっぱり小籠包は欠かせませんよね。
ta.i.wa.n ni ki.ta.ra ya.p.pa.ri sho.o.ro.n.po.o wa ka.ka.se.ma.se.n yo ne
來台灣，果然還是少不了小籠包對吧。

5. お言葉に甘えてごちそうになります。
o ko.to.ba ni a.ma.e.te go.chi.so.o ni na.ri.ma.su
承蒙您的好意，就讓您請了。

6. ごちそうさまでした。
go.chi.so.o sa.ma de.shi.ta
謝謝招待。

一定要說的一句話！

1. 今日は社長のおごりですから、遠慮しないでたくさん食べてください。

kyo.o wa sha.cho.o no o.go.ri de.su ka.ra e.n.ryo.shi.na.i.de ta.ku.sa.n ta.be.te ku.da.sa.i

今天是社長請客，所以別客氣，多吃點。

2. ほかには何がいいですか。

ho.ka ni wa na.ni ga i.i de.su ka

想再吃點什麼呢？

3. あとは北京ダッグとマーボー豆腐、エビチャーハン、チンジャオロースを頼みましょう。

a.to wa pe.ki.n da.g.gu to ma.a.bo.o do.o.fu e.bi cha.a.ha.n chi.n.ja.o.ro.o.su o ta.no.mi.ma.sho.o

再點北京烤鴨和麻婆豆腐、蝦仁炒飯、青椒肉絲吧。

4. 冷めないうちにお召し上がりください。

sa.me.na.i u.chi ni o me.shi.a.ga.ri ku.da.sa.i

請趁沒冷掉之前享用。

5. 恩田さんのお口に合うといいんですが……。

o.n.da sa.n no o ku.chi ni a.u to i.i n de.su ga

希望合恩田小姐的胃口。

6. ウーロン茶をたくさん飲むといいですよ。

u.u.ro.n.cha o ta.ku.sa.n no.mu to i.i de.su yo

多喝點烏龍茶比較好喔。

3) 陪逛夜市

お客：あの「お好み焼き」みたいなの、おいしそうですね。
o kya.ku　a.no o.ko.no.mi.ya.ki mi.ta.i.na no o.i.shi.so.o de.su ne

客人：那個像「大阪燒」的東西，看起來好好吃耶。

わたし：あれは中に牡蠣が入ってるんです。わたしも好きでよく食べます。
wa.ta.shi　a.re wa na.ka ni ka.ki ga ha.i.t.te.ru n de.su wa.ta.shi mo su.ki de yo.ku ta.be.ma.su

我：那裡面有牡蠣。因為我也喜歡，所以經常吃。

お客：そのとなりに書いてある「臭豆腐」って何ですか。
o kya.ku　so.no to.na.ri ni ka.i.te a.ru ku.sa.do.o.fu t.te na.n de.su ka

確かになんか臭いにおいがしますけど……。
ta.shi.ka ni na.n.ka ku.sa.i ni.o.i ga shi.ma.su ke.do

客人：那隔壁寫著「臭豆腐」的是什麼呢？的確有一股什麼臭味……。

わたし：　ああ、あれは「チョウドーフ」っていって、発酵(はっこう)させた豆腐(とうふ)を揚(あ)げたり煮込(にこ)んだりしたものです。

wa.ta.shi　a.a a.re wa cho.o.do.o.fu t.te i.t.te ha.k.ko.o.sa.se.ta to.o.fu o a.ge.ta.ri ni.ko.n.da.ri shi.ta mo.no de.su

我：啊，那個叫做「choodoofu」，是把發酵的豆腐或炸、或滷來吃的東西。

お客(きゃく)：　あんな臭(くさ)いのに、みんなおいしそうに食(た)べてますね。

o kya.ku　a.n.na ku.sa.i no.ni mi.n.na o.i.shi.so.o ni ta.be.te.ma.su ne

客人：雖然那麼臭，但大家吃起來都好好吃的樣子耶。

わたし：　ええ、日本(にほん)でいえば「納豆(なっとう)」や「くさや」みたいなものですよ。

wa.ta.shi　e.e ni.ho.n de i.e.ba na.t.to.o ya ku.sa.ya mi.ta.i.na mo.no de.su yo

我：是啊，在日本來說的話，就是像「納豆」或是「臭鹹魚」一樣的東西喔！

お客(きゃく)：　「納豆(なっとう)」はいいにおいですよ。

o kya.ku　na.t.to.o wa i.i ni.o.i de.su yo

客人：「納豆」很香唷。

わたし：　ははっ、「チョウドーフ」もいいにおいですよ（笑(わら)い）。

wa.ta.shi　ha.ha.t cho.o.do.o.fu mo i.i ni.o.i de.su yo wa.ra.i

我：哈哈，「臭豆腐」也很香耶（笑）。

一定要聽得懂的一句話！

1. 蛇や蛙はどうやって食べるんですか。
he.bi ya ka.e.ru wa do.o ya.t.te ta.be.ru n de.su ka
蛇或青蛙要怎麼吃呢？

2. 体によさそうですね。
ka.ra.da ni yo.sa.so.o de.su ne
好像對身體很好喔。

3. こんなに遅いのに、人がたくさんいますね。
ko.n.na ni o.so.i no.ni hi.to ga ta.ku.sa.n i.ma.su ne
雖然已經這麼晚了，人還是很多耶。

4. みなさんいつも夜食を食べるんですか。
mi.na sa.n i.tsu.mo ya.sho.ku o ta.be.ru n de.su ka
大家經常都吃宵夜嗎？

5. あそこに行列ができています。
a.so.ko ni gyo.o.re.tsu ga de.ki.te i.ma.su
（大家）在那裡排隊。

6. あの占い師さんは人気があるみたいですね。
a.no u.ra.na.i.shi sa.n wa ni.n.ki ga a.ru mi.ta.i de.su ne
那個算命師好像很受歡迎耶。

MP3 57

一定要說的一句話！

1. 台湾はフルーツ天国です。

ta.i.wa.n wa fu.ru.u.tsu te.n.go.ku de.su

台灣是水果天堂。

2. この時季はマンゴーやパイナップル、スイカ、パパイアなどがおいしいです。

ko.no ji.ki wa ma.n.go.o ya pa.i.na.p.pu.ru su.i.ka pa.pa.i.a na.do ga o.i.shi.i de.su

在這季節，芒果或是鳳梨、西瓜、木瓜等很好吃。

3. ライチを食べたことがありますか。

ra.i.chi o ta.be.ta ko.to ga a.ri.ma.su ka

吃過荔枝嗎？

4. 少しだけ買って食べてみませんか。

su.ko.shi da.ke ka.t.te ta.be.te mi.ma.se.n ka

只買一點吃吃看如何呢？

5. 日本に帰ってからダイエットすればだいじょうぶですよ。

ni.ho.n ni ka.e.t.te ka.ra da.i.e.t.to.su.re.ba da.i.jo.o.bu de.su yo

回日本以後再減肥就好了吧。

6. 夜は長いですよ。

yo.ru wa na.ga.i de.su yo

夜晚可是很長的喔。

4) 招待喝酒與卡拉OK

わたし：ボトルキープしたウイスキーがあるんですが、いかがですか。

wa.ta.shi　bo.to.ru.ki.i.pu.shi.ta u.i.su.ki.i ga a.ru n de.su ga i.ka.ga de.su ka

我：我有寄放一瓶威士忌，要喝嗎？

お客：いえ、ウイスキーはちょっと……。ビールで。

o kya.ku　i.e u.i.su.ki.i wa cho.t.to bi.i.ru de

客人：不，威士忌有點……。啤酒好了。

わたし：分かりました。噂で恩田さんはっこういける口だとか聞いたんですが……。

wa.ta.shi　wa.ka.ri.ma.shi.ta u.wa.sa de o.n.da sa.n wa ke.k.ko.o i.ke.ru ku.chi da to.ka ki.i.ta n de.su ga

我：（我）知道了。聽說恩田小姐很會喝酒……。

お客：いえ、それは若いときの話ですよ。最近はすっかり弱くなっちゃって……。

o kya.ku　i.e so.re wa wa.ka.i to.ki no ha.na.shi de.su yo sa.i.ki.n wa su.k.ka.ri yo.wa.ku na.c.cha.t.te

客人：不，那是年輕時候的事情了。最近完全變弱了……。

わたし：　まだまだお若(わか)いじゃないですか。
wa.ta.shi　ma.da ma.da o wa.ka.i ja na.i de.su ka

我：還年輕不是嗎？

お客(きゃく)：　いえ。その代(か)わり歌(うた)はだいじょうぶです。
o kya.ku　i.e so.no ka.wa.ri u.ta wa da.i.jo.o.bu de.su

どんどん歌(うた)いますので、よろしくお願(ねが)いします。
do.n.do.n u.ta.i.ma.su no.de yo.ro.shi.ku o ne.ga.i shi.ma.su

客人：不。但是唱歌就沒問題了。我會唱很多很多歌，所以麻煩您們。

わたし：　それはよかった。じゃ、まずはわたしの大好(だいす)きな「北国(きたぐに)の春(はる)」をお願(ねが)いします。
wa.ta.shi　so.re wa yo.ka.t.ta ja ma.zu wa wa.ta.shi no da.i.su.ki.na ki.ta.gu.ni no ha.ru o o ne.ga.i shi.ma.su

我：那太好了。那麼，首先麻煩（您）唱我最喜歡的《北國之春》。

お客(きゃく)：　えっ、そんな古(ふる)い歌(うた)ですか……（苦笑(にがわら)い）。
o kya.ku　e.t so.n.na fu.ru.i u.ta de.su ka ni.ga.wa.ra.i

客人：咦，那麼老的歌喔……（苦笑）。

一定要聽得懂的一句話！

1. ええ、喜んで。
e.e yo.ro.ko.n.de
是的，很樂意。

2. もう飲めません。
mo.o no.me.ma.se.n
已經喝不下。

3. 飲みすぎて気分が悪いんですが……。
no.mi.su.gi.te ki.bu.n ga wa.ru.i n de.su ga
因為喝太多，有點不舒服。

4. 酒癖が悪いんです。
sa.ke.gu.se ga wa.ru.i n de.su
酒品不好。

5. わたしなんて社長の足元にも及びません。
wa.ta.shi na.n.te sha.cho.o no a.shi.mo.to ni mo o.yo.bi.ma.se.n
我這種的，根本無法與社長相比。

6. 会社でも有名な飲兵衛なんですよ。
ka.i.sha de.mo yu.u.me.e.na no.n.be.e na n de.su yo
在公司也是有名的千杯不醉喔。

一定要說的一句話！

1. ウイスキーは水割り（みずわ）がいいですか、ストレートがいいですか。
u.i.su.ki.i wa mi.zu.wa.ri ga i.i de.su ka su.to.re.e.to ga i.i de.su ka
威士忌要對水呢，還是純的呢？

2. お酒（さけ）はかなりいけると伺（うかが）ってますよ。
o sa.ke wa ka.na.ri i.ke.ru to u.ka.ga.t.te.ma.su yo
聽說您很會喝酒耶。

3. 何（なん）でも歌（うた）えるそうですね。
na.n de.mo u.ta.e.ru so.o de.su ne
聽說您什麼歌都可以唱喔。

4. 最近（さいきん）日本（にほん）で流行（はや）っている歌（うた）を聴（き）かせてください。
sa.i.ki.n ni.ho.n de ha.ya.t.te i.ru u.ta o ki.ka.se.te ku.da.sa.i
請讓我聽最近在日本流行的歌。

5. リクエストしてもいいですか。
ri.ku.e.su.to.shi.te mo i.i de.su ka
可以點歌嗎？

6. 歌（うた）も踊（おど）りもお上手（じょうず）ですね。
u.ta mo o.do.ri mo o jo.o.zu de.su ne
不管唱歌還是跳舞都很厲害耶。

5) 買名產

お客：会社の同僚と家族にお土産を買って帰りたいんですが、何かおすすめはありますか。

o kya.ku ka.i.sha no do.o.ryo.o to ka.zo.ku ni o mi.ya.ge o ka.t.te ka.e.ri.ta.i n de.su ga na.ni ka o su.su.me wa a.ri.ma.su ka

客人：我想買名產回去給公司的同事與家人，有什麼推薦的嗎？

わたし：ええ、いろいろありますよ。甘いものが好きなら、パイナップルケーキがおすすめです。

wa.ta.shi e.e i.ro.i.ro a.ri.ma.su yo a.ma.i mo.no ga su.ki.na.ra pa.i.na.p.pu.ru ke.e.ki ga o su.su.me de.su

我：是，有各式各樣喔。如果喜歡甜的東西，推薦鳳梨酥。

お客：いいですね。台湾といったら、果物ですからね。

o kya.ku i.i de.su ne ta.i.wa.n to i.t.ta.ra ku.da.mo.no de.su ka.ra ne

上司は甘いものが苦手なので、お酒のおつまみに何かないですか。

jo.o.shi wa a.ma.i mo.no ga ni.ga.te.na no.de o sa.ke no o tsu.ma.mi ni na.ni ka na.i de.su ka

客人：好耶。因為提到台灣，就是水果啊。上司不喜歡甜的，所以有什麼配酒的小菜嗎？

わたし：　それならカラスミがいいですよ。
wa.ta.shi　so.re na.ra ka.ra.su.mi ga i.i de.su yo

我：那樣的話，烏魚子好喔。

お客（きゃく）：　ああ、ボラの卵（たまご）ですね。おとといいただきました。
o kya.ku　a.a bo.ra no ta.ma.go de.su ne o.to.to.i i.ta.da.ki.ma.shi.ta

とてもおいしかったです。でも高（たか）くないですか。
to.te.mo o.i.shi.ka.t.ta de.su de.mo ta.ka.ku na.i de.su ka

客人：啊，是烏魚的卵對吧。前天吃了。非常好吃。但是不會很貴嗎？

わたし：　安（やす）く売（う）ってる場所（ばしょ）を知（し）ってますから、これからお連（つ）れしましょうか。
wa.ta.shi　ya.su.ku u.t.te.ru ba.sho o shi.t.te.ma.su ka.ra ko.re ka.ra o tsu.re shi.ma.sho.o ka

我：因為我知道賣很便宜的地方，接下來帶您去吧？

お客（きゃく）：　お願（ねが）いします。
o kya.ku　o ne.ga.i shi.ma.su

客人：麻煩您。

10 日本客戶來台

日本人客の来台

一定要聽得懂的一句話！

1. 何かお土産を買いたいんですが……。
na.ni ka o mi.ya.ge o ka.i.ta.i n de.su ga
想要買個什麼名產……。

2. ドライマンゴーはどこで売っていますか。
do.ra.i ma.n.go.o wa do.ko de u.t.te i.ma.su ka
芒果乾在哪裡有賣呢？

3. あまり高くなくて、喜ばれるお土産はありますか。
a.ma.ri ta.ka.ku na.ku.te yo.ro.ko.ba.re.ru o mi.ya.ge wa a.ri.ma.su ka
有沒有不太貴又受歡迎的名產？

4. おいしいウーロン茶を買ってきてほしいと頼まれたんですが……。
o.i.shi.i u.u.ro.n.cha o ka.t.te ki.te ho.shi.i to ta.no.ma.re.ta n de.su ga
被拜託要買好喝的烏龍茶回去……。

5. 台湾ビーフジャーキーがあると聞いたことがあるんですが……。
ta.i.wa.n bi.i.fu ja.a.ki.i ga a.ru to ki.i.ta ko.to ga a.ru n de.su ga
聽說有台灣牛肉乾……。

6. 甘すぎないお菓子を買いたいんですが……。
a.ma.su.gi na.i o ka.shi o ka.i.ta.i n de.su ga
想買不會太甜的零食……。

一定要說的一句話！

1. これは社長からのお土産です。

ko.re wa sha.cho.o ka.ra no o mi.ya.ge de.su

這是社長給您的名產。

2. つまらないものですが……。

tsu.ma.ra.na.i mo.no de.su ga

雖然是小東西……。

3. 免税店で買われたらいかがですか。

me.n.ze.e.te.n de ka.wa.re.ta.ra i.ka.ga de.su ka

在免稅店買如何呢？

4. 女性の好きそうなチャイナ風の小物なんかもいいかもしれません。

jo.se.e no su.ki.so.o.na cha.i.na fu.u no ko.mo.no na.n.ka mo i.i ka.mo shi.re.ma.se.n

女生似乎會喜歡的中國風的小東西之類的，應該也不錯。

5. チャイナドレスが売ってる場所なら、姉に聞いてみます。

cha.i.na do.re.su ga u.t.te.ru ba.sho na.ra a.ne ni ki.i.te mi.ma.su

如果是賣旗袍的地方的話，要問我姊姊看看。

6. ネットで調べてみましょうか。

ne.t.to de shi.ra.be.te mi.ma.sho.o ka

上網查詢看看吧。

6）送機

わたし： wa.ta.shi	出発まであと2時間くらいあります。 shu.p.pa.tsu ma.de a.to ni.ji.ka.n ku.ra.i a.ri.ma.su わたしは車を駐車場に入れてきますから、恩田さんは先に行って渡航手続きをすませておいてください。 wa.ta.shi wa ku.ru.ma o chu.u.sha.jo.o ni i.re.te ki.ma.su ka.ra o.n.da sa.n wa sa.ki ni i.t.te to.ko.o te.tsu.zu.ki o su.ma.se.te o.i.te ku.da.sa.i	我：離起飛還有二個小時左右。我把車子停到停車場，所以請恩田小姐先去辦登機手續。
お客： o kya.ku	分かりました。手続きが早めに済んだら、1階の喫茶店でお待ちしてます。 wa.ka.ri.ma.shi.ta te.tsu.zu.ki ga ha.ya.me ni su.n.da.ra i.k.ka.i no ki.s.sa.te.n de o ma.chi shi.te.ma.su	客人：知道了。手續早點辦好的話，在一樓的咖啡廳等您。
（喫茶店にて。） ki.s.sa.te.n ni.te		（在咖啡店。）
わたし： wa.ta.shi	手続きはもう済みましたか。 te.tsu.zu.ki wa mo.o su.mi.ma.shi.ta ka	我：已經辦好手續了嗎？

お客：　ええ。今日はお客さんが少ないみたいですね。

o kya.ku　e.e kyo.o wa o kya.ku sa.n ga su.ku.na.i mi.ta.i de.su ne

客人：是的。今天客人好像很少喔。

わたし：　それはよかった。そろそろ中に入る時間ですね。

wa.ta.shi　so.re wa yo.ka.t.ta so.ro.so.ro na.ka ni ha.i.ru ji.ka.n de.su ne

我：那太好了。差不多是進去裡面的時間吧。

お客：　ええ、毎日のおつきあいからお見送りまで、本当にありがとうございました。

o kya.ku　e.e ma.i.ni.chi no o tsu.ki.a.i ka.ra o mi.o.ku.ri ma.de ho.n.to.o ni a.ri.ga.to.o go.za.i.ma.shi.ta

会社のみなさまにもよろしくお伝えください。

ka.i.sha no mi.na sa.ma ni mo yo.ro.shi.ku o tsu.ta.e ku.da.sa.i

客人：是的，從每天的陪伴到送機，真的很謝謝您。也請替我向公司的大家致意。

わたし：　はい。お気をつけて。

wa.ta.shi　ha.i o ki o tsu.ke.te

我：好的。（路上）請小心。

10 日本客戶來台

日本人客の来台

▶▶▶

一定要聽得懂的一句話！

1. あっという間の4日間でした。

a.t to i.u ma no yo.k.ka.ka.n de.shi.ta

一轉眼就過了四天了。

2. 呉さんのおかげで毎日とても楽しかったです。

u.u sa.n no o.ka.ge de ma.i.ni.chi to.te.mo ta.no.shi.ka.t.ta de.su

託吳先生的福，每天都很開心。

3. お忙しいところ、どうもすみません。

o i.so.ga.shi.i to.ko.ro do.o.mo su.mi.ma.se.n

您這麼忙，真是不好意思。

4. 企画書が完成したら、すぐ教えてくださいね。

ki.ka.ku.sho ga ka.n.se.e.shi.ta.ra su.gu o.shi.e.te ku.da.sa.i ne

一完成企劃書，請立刻告訴我喔。

5. 今回の報告書ができ次第、メールでお送りします。

ko.n.ka.i no ho.o.ko.ku.sho ga de.ki shi.da.i me.e.ru de o o.ku.ri shi.ma.su

這次的報告書一完成，會立刻用E-mail傳給您。

6. 今度はプライベートでも日本に遊びにいらしてください。

ko.n.do wa pu.ra.i.be.e.to de.mo ni.ho.n ni a.so.bi ni i.ra.shi.te ku.da.sa.i

下次就算是私人的行程，也請來日本玩。

一定要說的一句話！

1. 第1ターミナルですね。
da.i.i.chi ta.a.mi.na.ru de.su ne
是第一航廈吧。

2. 第2ターミナルでよかったんですよね。
da.i.ni ta.a.mi.na.ru de yo.ka.t.ta n de.su yo ne
是在第二航廈沒錯吧？

3. 課長は会議の都合でお見送りできません。
ka.cho.o wa ka.i.gi no tsu.go.o de o mi.o.ku.ri de.ki.ma.se.n
課長因為會議的關係而無法送您。

4. 車を駐車してきますので、カウンターでお待ちいただけますか。
ku.ru.ma o chu.u.sha.shi.te ki.ma.su no.de ka.u.n.ta.a de o ma.chi i.ta.da.ke.ma.su ka
我去停車，所以可以在櫃台等我嗎？

5. お忘れ物はございませんか。
o wa.su.re.mo.no wa go.za.i.ma.se.n ka
有沒有忘記東西呢？

6. できるだけ早めに商品をお送りできるよう手配します。
de.ki.ru da.ke ha.ya.me ni sho.o.hi.n o o o.ku.ri de.ki.ru yo.o te.ha.i.shi.ma.su
我會安排盡快將商品送到。

活絡談話氣氛的四樣技巧！

一般來說，我們在碰面後的幾秒鐘內，便可判斷出是否喜歡這個人，而交談後約四十秒左右，就能知道剛剛的判斷是否正確。也就是說，若我們無法在對話開始後的四十秒之內抓到對方的心，就算之後再怎樣地高談闊論，也無法得到對方的共鳴。試著想想看，要如何在一開始的四十秒內，讓對方對自己所提出的話題感興趣，而且還能一直保持這樣的狀態直到話題結束呢？

如果您曾與日本人打過交道，那麼試著回想過去的經驗吧！就算日文再怎麼流利，能用日文與日本人輕鬆愉快地交談也絕對不是件簡單的事。回想一下，對話開始的前十秒，您是怎麼說的呢？是不是用「すみません、日本語が下手ですから……」（不好意思，我日文不好……）、「わたしの日本語はだめです」（我的日文很破）等等說辭逃避對話呢？還是把自我介紹或開場白的部分拉得很長呢？如果開頭重要的四十秒，是決定對方對您評價的關鍵，那麼什麼樣的話題，才能營造出好的對話氣氛，也能讓對方敞開心胸呢？這裡告訴您，可以簡單運用以下四種話題。

一）讚美：「その時計、すてきですね」（那手錶，很不錯喔）、「おしゃれなネクタイですね」（很時髦的領帶喔）、「気配りがお上手ですね」（您顧慮得很周全耶）等等。

二）感謝：「先日は、ごちそうさまでした」（上次承蒙您的招待）、「いつも的確なご指示をいただき、ありがとうございます」（總是受到您明確地指點，感激不盡）等等。

三）提問：「お好きな中華料理は何ですか」（您喜歡的中華料理是什麼呢）、「お休みの日は何をされることが多いですか」（休假日大多從事什麼樣的活動呢）等等。

四）親身經驗談：「最近○○という映画を見たんですが、おもしろかったです」（最近看了一部叫○○的電影，很有意思）、「出身地は花蓮なんですが、とてもきれいなところですよ」（我的家鄉在花蓮，是個風光明媚的地方喔）等等。

上述全都只是話題的起頭而已，接下來要如何進展，端看怎麼承接。試著在對談之中加入這四個話題，不急不徐、樂在其中地進行交談吧！如此一來，必能抓住對方的心！

何事(なにごと)もやってみなければ分(わ)からない

燈不撥不亮，理不辯不明

11 開會

在任何公司都一樣，開會時說對話，絕對有機會平步青雲；而說錯話，保證日後坐冷板凳！本單元介紹「開會」時一定用得到的日文，讓您一次掌握「報告工作」、「發表意見」、「提案」的要訣！

11 開會

会議(かいぎ)

▶▶▶

1) 報告工作

部長(ぶちょう)：　まずは業務部(ぎょうむぶ)から報告(ほうこく)を始(はじ)めてくれ。

bu.cho.o　ma.zu wa gyo.o.mu.bu ka.ra ho.o.ko.ku o ha.ji.me.te ku.re

部長：首先從業務部開始報告。

同僚(どうりょう)：　はい。まず、かねてから社長(しゃちょう)がおっしゃられていましたコスト削減(さくげん)の件(けん)ですが、先月(せんげつ)から試作(しさく)を開始(かいし)し、今月(こんげつ)には結果(けっか)が見(み)え始(はじ)めています。

do.o.ryo.o　ha.i ma.zu ka.ne.te ka.ra sha.cho.o ga o.s.sha.ra.re.te i.ma.shi.ta ko.su.to sa.ku.ge.n no ke.n de.su ga se.n.ge.tsu ka.ra shi.sa.ku o ka.i.shi.shi ko.n.ge.tsu ni wa ke.k.ka ga mi.e ha.ji.me.te i.ma.su

それから、今週(こんしゅう)から発送予定(はっそうよてい)だった小型電池(こがたでんち)ですが、発送(はっそう)が遅(おく)れていまして、来週(らいしゅう)の水曜日(すいようび)に発送(はっそう)となります。

so.re.ka.ra ko.n.shu.u ka.ra ha.s.so.o yo.te.e da.t.ta ko.ga.ta de.n.chi de.su ga ha.s.so.o ga o.ku.re.te i.ma.shi.te ra.i.shu.u no su.i.yo.o.bi ni ha.s.so.o to na.ri.ma.su

ご迷惑(めいわく)をおかけし、たいへん申(もう)しわけございません。

同事：是的。首先，是社長老早就在說的削減成本的事情，（我們）從上個月就開始試作，這個月開始看到結果。然後，預定從這禮拜開始寄送的小型電池，因為寄送延遲，所以決定下禮拜三寄送。給大家添麻煩，非常抱歉。

go me.e.wa.ku o o ka.ke.shi ta.i.he.n mo.o.shi.wa.ke go.za.i.ma.se.n

部長： じゃあ、企画部のほう頼む。
bu.cho.o ja.a ki.ka.ku.bu no ho.o ta.no.mu

部長：那麼，企劃部方面麻煩你。

わたし： はい、先週、日本の本社から担当の方がいらして、両国同時スタートのＣＭと2か国語バージョンのポスターを作成することが決定しました。
wa.ta.shi ha.i se.n.shu.u ni.ho.n no ho.n.sha ka.ra ta.n.to.o no ka.ta ga i.ra.shi.te ryo.o.ko.ku do.o.ji su.ta.a.to no shi.i.e.mu to ni.ka.ko.ku.go ba.a.jo.n no po.su.ta.a o sa.ku.se.e.su.ru ko.to ga ke.t.te.e.shi.ma.shi.ta

詳しいことは、この後、藤田課長のほうから報告があります。
ku.wa.shi.i ko.to wa ko.no a.to fu.ji.ta ka.cho.o no ho.o ka.ra ho.o.ko.ku ga a.ri.ma.su

それから、ＣＭに関しては何かいいアイディアがありましたら、社内の方にも応募していただきたいと考えています。
so.re.ka.ra shi.i.e.mu ni ka.n.shi.te wa na.ni ka i.i a.i.di.a ga a.ri.ma.shi.ta.ra sha.na.i no ka.ta ni mo o.o.bo.shi.te i.ta.da.ki.ta.i to ka.n.ga.e.te i.ma.su

我：是的，上個禮拜總公司來了一位負責人，決定製作二國同時播放的廣告以及有二國語言版的海報。詳細的情況，之後由藤田課長那裡來報告。此外，有關廣告，想說如果有什麼好的點子，也想向公司內部員工募集。

11 開會

会議（かいぎ）

▶▶▶

一定要聽得懂的一句話！

1. おもしろい企画（きかく）を考（かんが）えているそうですね。
o.mo.shi.ro.i ki.ka.ku o ka.n.ga.e.te i.ru so.o de.su ne
聽說你在想有趣的企劃對吧。

2. まずこちらのスライドをご覧（らん）ください。
ma.zu ko.chi.ra no su.ra.i.do o go ra.n ku.da.sa.i
首先請看這裡的投影片。

3. 見積（みつ）もりについて報告（ほうこく）させていただきます。
mi.tsu.mo.ri ni tsu.i.te ho.o.ko.ku.sa.se.te i.ta.da.ki.ma.su
有關估價，請讓我來報告。

4. ホームページについての報告（ほうこく）を頼（たの）む。
ho.o.mu.pe.e.ji ni tsu.i.te no ho.o.ko.ku o ta.no.mu
有關網站的報告麻煩你。

5. 事前調査（じぜんちょうさ）について報告（ほうこく）があるそうです。
ji.ze.n cho.o.sa ni tsu.i.te ho.o.ko.ku ga a.ru so.o de.su
有關事前調查，聽說有報告。

6. 今進（いますす）めている仕事（しごと）について話（はな）してくれ。
i.ma su.su.me.te i.ru shi.go.to ni tsu.i.te ha.na.shi.te ku.re
說說有關目前進行中的工作。

一定要說的一句話！

1. 配布資料をご覧ください。

ha.i.fu shi.ryo.o o go ra.n ku.da.sa.i

請看分發的資料。

2. 資金不足のために一時中止となっています。

shi.ki.n bu.so.ku no ta.me ni i.chi.ji chu.u.shi to na.t.te i.ma.su

因為資金不足的關係，因此暫時停止。

3. 簡単に説明させてください。

ka.n.ta.n ni se.tsu.me.e.sa.se.te ku.da.sa.i

請讓我來簡單地説明。

4. これからチームのメンバーを紹介させていただきます。

ko.re.ka.ra chi.i.mu no me.n.ba.a o sho.o.ka.i.sa.se.te i.ta.da.ki.ma.su

接下來讓我介紹團隊的成員。

5. まずはそちらの書類に目を通してください。

ma.zu wa so.chi.ra no sho.ru.i ni me o to.o.shi.te ku.da.sa.i

首先請過目那些檔案。

6. そちらがアンケート調査の結果報告です。

so.chi.ra ga a.n.ke.e.to cho.o.sa no ke.k.ka ho.o.ko.ku de.su

那裡是問卷調查的結果報告。

2) 發表意見

部長：	この新しい企画について、みんなの率直な意見を聞かせてくれないか。	部長：有關這新的企劃，我可以聽聽大家直接的意見嗎？
bu.cho.o	ko.no a.ta.ra.shi.i ki.ka.ku ni tsu.i.te mi.n.na no so.c.cho.ku.na i.ke.n o ki.ka.se.te ku.re.na.i ka	
同僚：	（手を上げる。）	同事：（舉手。）
do.o.ryo.o	te o a.ge.ru	
部長：	鈴木さん。	部長：鈴木小姐。
bu.cho.o	su.zu.ki sa.n	
同僚：	おもしろい企画だとは思いますが、コストがかかりすぎることと、時期的に人が集まりにくいのが欠点だと思います。	同事：我覺得雖然是有趣的企劃，但缺點是成本太高、還有在時間點上人難以募集。
do.o.ryo.o	o.mo.shi.ro.i ki.ka.ku da to wa o.mo.i.ma.su ga ko.su.to ga ka.ka.ri.su.gi.ru ko.to to ji.ki.te.ki ni hi.to ga a.tsu.ma.ri ni.ku.i no ga ke.t.te.n da to o.mo.i.ma.su	
わたし：	（手を上げる。）	我：（舉手。）
wa.ta.shi	te o a.ge.ru	
部長：	呉さん。	部長：吳先生。
bu.cho.o	u.u sa.n	
わたし：	この件に関しましては、鈴木さんからのご指摘通り、コストがかかりすぎる点は大きな問題点です。	我：有關這件事，就如同鈴木小姐指出的一樣，成本太

wa.ta.shi　ko.no ke.n ni ka.n.shi.ma.shi.te wa su.zu.ki sa.n ka.ra no go shi.te.ki do.o.ri ko.su.to ga ka.ka.ri.su.gi.ru te.n wa o.o.ki.na mo.n.da.i.te.n de.su

まだ時間もありますので、内部で再度検討してから、改めて企画書を提出したほうがいいと思うのですが……。

ma.da ji.ka.n mo a.ri.ma.su no.de na.i.bu de sa.i.do ke.n.to.o.shi.te ka.ra a.ra.ta.me.te ki.ka.ku.sho o te.e.shu.tsu.shi.ta ho.o ga i.i to o.mo.u no de.su ga

高是很大的問題點。因為還有時間，所以我覺得內部檢討之後，再重新提出企劃案會比較好……。

部長：　分かりました。

bu.cho.o　wa.ka.ri.ma.shi.ta

コストの面で思ったんだけど、外部に発注する予定のもの、内部でもできそうなものがけっこうあるよね。

ko.su.to no me.n de o.mo.t.ta n da.ke.do ga.i.bu ni ha.c.chu.u.su.ru yo.te.e no mo.no na.i.bu de mo de.ki.so.o.na mo.no ga ke.k.ko.o a.ru yo ne

外にお金をかけない方法で、コストが削減できないか、検討してみたほうがよさそうだね。

so.to ni o ka.ne o ka.ke.na.i ho.o.ho.o de ko.su.to ga sa.ku.ge.n de.ki.na.i ka ke.n.to.o.shi.te mi.ta ho.o ga yo.sa.so.o da ne

部長：（我）知道了。有關成本方面我覺得，那些預定請外面做的東西，有很多我們內部應該也可以做吧！試著檢討一下，看能不能用不在外面花錢的方法來減少成本，可能會比較好。

わたし：　はい、分かりました。ありがとうございます。さっそく話し合ってみます。

wa.ta.shi　ha.i wa.ka.ri.ma.shi.ta a.ri.ga.to.o go.za.i.ma.su sa.s.so.ku ha.na.shi.a.t.te mi.ma.su

我：是，（我）知道了。謝謝您。立刻討論看看。

11 開會

会議（かいぎ）

一定要聽得懂的一句話！

1. 他（ほか）に何（なに）かいい方法（ほうほう）はありませんか。
ho.ka ni na.ni ka i.i ho.o.ho.o wa a.ri.ma.se.n ka
其他還有什麼好方法嗎？

2. それについてはどう思（おも）いますか。
so.re ni tsu.i.te wa do.o o.mo.i.ma.su ka
對於那件事，你覺得如何？

3. まったく同感（どうかん）です。
ma.t.ta.ku do.o.ka.n de.su
深有同感。

4. それには反対（はんたい）です。
so.re ni wa ha.n.ta.i de.su
就那件事我反對。

5. セールスポイントは何（なん）ですか。
se.e.ru.su po.i.n.to wa na.n de.su ka
賣點是什麼呢？

6. 年齢層（ねんれいそう）の低下（ていか）が最大（さいだい）の問題（もんだい）だと思（おも）います。
ne.n.re.e so.o no te.e.ka ga sa.i.da.i no mo.n.da.i da to o.mo.i.ma.su
我認為年齡層的降低是最大的問題。

一定要說的一句話！

1. これが市場調査の結果です。

ko.re ga shi.jo.o cho.o.sa no ke.k.ka de.su

這是市場調查的結果。

2. かなりいいんじゃないんですか。

ka.na.ri i.i n ja na.i n de.su ka

相當好不是嗎？

3. 若者受けしないんじゃないかと思うんですが……。

wa.ka.mo.no u.ke.shi.na.i n ja na.i ka to o.mo.u n de.su ga

我想會不會是無法吸引年輕人……。

4. 女性層を狙ったほうがいいと思います。

jo.se.e so.o o ne.ra.t.ta ho.o ga i.i to o.mo.i.ma.su

我認為主打女性層比較好。

5. トラブルの原因はそこではないのかもしれません。

to.ra.bu.ru no ge.n.i.n wa so.ko de wa na.i no ka.mo.shi.re.ma.se.n

麻煩的原因或許不在於那裡。

6. 価格競争というのは最善の方法じゃないと思います。

ka.ka.ku kyo.o.so.o to i.u no wa sa.i.ze.n no ho.o.ho.o ja na.i to o.mo.i.ma.su

我覺得打價格戰並不是最好的方法。

3) 提案

同僚：そろそろ海外マーケットにどんどん進出する時期だと思います。

do.o.ryo.o so.ro.so.ro ka.i.ga.i ma.a.ke.t.to ni do.n.do.n shi.n.shu.tsu.su.ru ji.ki da to o.mo.i.ma.su

同事：我覺得差不多是該打入海外市場的時候。

わたし：わたしも賛成です。

wa.ta.shi wa.ta.shi mo sa.n.se.e de.su

さきほどお配りした資料をご覧いただければ分かると思いますが、中国や香港などだけでなく、タイやインドネシアなど東南アジアやフランスなどヨーロッパでの売り上げも年々伸びています。

sa.ki ho.do o ku.ba.ri shi.ta shi.ryo.o o go ra.n i.ta.da.ke.re.ba wa.ka.ru to o.mo.i.ma.su ga chu.u.go.ku ya ho.n.ko.n na.do da.ke de na.ku ta.i ya i.n.do.ne.shi.a na.do to.o.na.n a.ji.a ya fu.ra.n.su na.do yo.o.ro.p.pa de no u.ri.a.ge mo ne.n.ne.n no.bi.te i.ma.su

我：我也贊成。我想如果看剛才分發的資料就會知道，不只在中國或香港等，在泰國或印尼等東南亞（國家）或法國等歐洲（國家）的營業額也年年在成長。

部長：ただ、日本や韓国マーケットのように、たった2年で下落した例もあるんでね。

bu.cho.o ta.da ni.ho.n ya ka.n.ko.ku ma.a.ke.t.to no yo.o ni ta.t.ta ni.ne.n de ge.ra.ku.shi.ta re.e mo a.ru n de ne

部長：但是，也有像日本或韓國市場那樣，只有二年就下滑的例子啊。所以我覺得不要急比

急(いそ)がないほうがいいと思(おも)うんだが……。

i.so.ga.na.i ho.o ga i.i to o.mo.u n da ga

較好……。

課長(かちょう)：わたしも部長(ぶちょう)に賛成(さんせい)です。国内市場(こくないしじょう)をもっと積極的(せっきょくてき)に開発(かいはつ)していったほうが、無難(ぶなん)だと思(おも)います。

ka.cho.o　wa.ta.shi mo bu.cho.o ni sa.n.se.e de.su

ko.ku.na.i shi.jo.o o mo.t.to se.k.kyo.ku.te.ki ni ka.i.ha.tsu.shi.te i.t.ta ho.o ga bu.na.n.da to o.mo.i.ma.su

課長：我也贊同部長。我覺得更積極地開發國內市場，會比較安全。

わたし：そんなことを言(い)っていたら、どんどん遅(おく)れをとってしまいますよ。

wa.ta.shi　so.n.na ko.to o i.t.te i.ta.ra do.n.do.n o.ku.re o to.t.te shi.ma.i.ma.su yo

我：說那樣的話，會越來越跟不上啊。

部長(ぶちょう)：新(あたら)しい市場(しじょう)を切(き)り拓(ひら)くのは大事(だいじ)だとは思(おも)うんだが、焦(あせ)りは禁物(きんもつ)だ。現段階(げんだんかい)ではまだ何(なん)とも言(い)えないので、まず社長(しゃちょう)と相談(そうだん)してみることにするよ。

bu.cho.o　a.ta.ra.shi.i shi.jo.o o ki.ri.hi.ra.ku no wa da.i.ji.da to wa o.mo.u n da ga a.se.ri wa ki.n.mo.tsu da

ge.n da.n.ka.i de wa ma.da na.n to mo i.e.na.i no.de ma.zu sha.cho.o to so.o.da.n.shi.te mi.ru ko.to ni su.ru yo

部長：我覺得開拓新的市場很重要，但切勿躁進。因為在現階段還無法說什麼，所以先與社長商量看看吧。

11 開會

会議(かいぎ)

▶▶▶

一定要聽得懂的一句話！

1. 市場調査(しじょうちょうさ)をしてみてはどうでしょうか。
shi.jo.o cho.o.sa o shi.te mi.te wa do.o de.sho.o ka
做個市場調查看看怎麼樣呢？

2. 横田(よこた)さんの提案(ていあん)についてどう思(おも)いますか。
yo.ko.ta sa.n no te.e.a.n ni tsu.i.te do.o o.mo.i.ma.su ka
對於橫田小姐的提案，覺得如何呢？

3. 現状(げんじょう)に合(あ)った提案(ていあん)をお願(ねが)いします。
ge.n.jo.o ni a.t.ta te.e.a.n o o ne.ga.i shi.ma.su
麻煩您符合現狀的提案。

4. おもしろそうな提案(ていあん)ですね。
o.mo.shi.ro.so.o.na te.e.a.n de.su ne
似乎是很有趣的提案呢。

5. 1人(ひとり)ずつ発言(はつげん)してください。
hi.to.ri zu.tsu ha.tsu.ge.n.shi.te ku.da.sa.i
請一個一個來發言。

6. 製品(せいひん)のパッケージについて提案(ていあん)してください。
se.e.hi.n no pa.k.ke.e.ji ni tsu.i.te te.e.a.n.shi.te ku.da.sa.i
請就商品的包裝提案。

▶▶▶

一定要說的一句話！

1. もっと実用性のあるものがいいと思います。

mo.t.to ji.tsu.yo.o.se.e no a.ru mo.no ga i.i to o.mo.i.ma.su

我覺得更有實用性的東西會比較好。

2. 確かに将来性がある企画だと思います。

ta.shi.ka ni sho.o.ra.i.se.e ga a.ru ki.ka.ku da to o.mo.i.ma.su

我覺得的確是有未來性的企劃。

3. 1度やってみましょう。

i.chi.do ya.t.te mi.ma.sho.o

做一次看看吧。

4. 消費者の需要を満たすのが基本です。

sho.o.hi.sha no ju.yo.o o mi.ta.su no ga ki.ho.n de.su

滿足消費者的需求是基本。

5. もっと具体的な内容を提出してください。

mo.t.to gu.ta.i.te.ki.na na.i.yo.o o te.e.shu.tsu.shi.te ku.da.sa.i

請提出更具體的內容。

6. 色と陳列方法について提案します。

i.ro to chi.n.re.tsu ho.o.ho.o ni tsu.i.te te.e.a.n.shi.ma.su

就顏色與陳列方法提案。

若懂得用「委婉」的方式來表達 您也能成為溝通達人！

不善直接表達的日本人，通常使用的是柔性、間接的「委婉」表達方式。舉個簡單的例子，假設同事間決定好等會要去喝一杯，而想確定日本的同事是否一起去時，要怎麼問比較好呢？如果直接問：「わたしたちといっしょに行きたいですか」（你想和我們一起去嗎），對日本人來說是非常失禮的，因為直接提及對方的意願是一件失禮之事。那麼，正確的說法是什麼呢？答案是「いっしょに行きませんか」（要不要一塊去呢）、「この後、お時間はありますか」（待會有空嗎）、「一杯おつき合い願えませんか」（可以陪我們喝一杯嗎），類似這樣的說法才是符合日文的表達方式。

相同地，這也是為什麼在日本人所使用的辭彙中，經常會加入「ごろ」（左右）、「ほど」（大約）、「くらい」（差不多）、「たぶん」（大概）、「だいたい」（大致）等等的原因了。對於討厭使用直接的表達方式的日本人而言，這些辭彙可說是相當好用。所以有人說日本人說話含糊不清，時常讓外國人摸不著頭緒，也就是這個緣故吧！下列是日本人才有的「委婉」的表達方式。若能抓住這些語感，您也能成為可以捕捉到日本人內心世界的溝通達人喔！

一）委婉地拒絕

外国人：これからカラオケに行きませんか。

外國人：待會要不要一起去唱卡拉OK？

日本人：今日はちょっと……。

日本人：今天有點事……。

二）委婉地請求

外国人：（禁煙所でタバコを吸っている）

外國人：（在禁菸的地方抽菸中）

日本人：すみません、タバコは遠慮していただけると助かるんですが……。

日本人：不好意思，如果你能慎重考慮一下是否還要抽菸，那真的是幫了我的大忙……。

三）委婉地命令

外国人：（仕事中にパソコンゲームで遊んでいる）

外國人：（工作時正在玩電腦遊戲）

日本人上司：やる気がないなら、やめたほうがいいんじゃないか。

日本人上司：如果沒有幹勁的話，是不是辭職比較好呢？

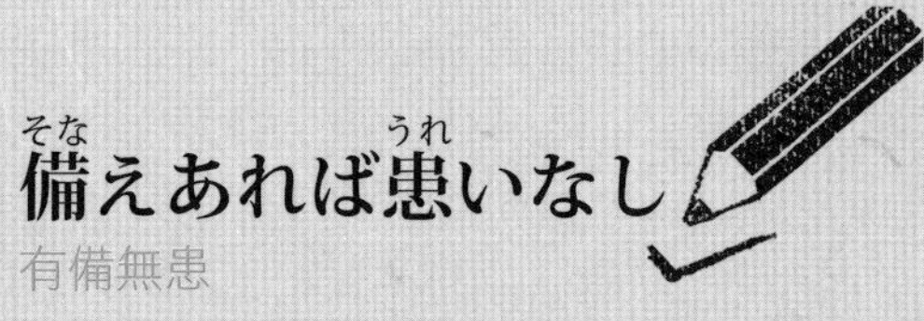

備（そな）えあれば患（うれ）いなし
有備無患

12 抱怨

日商公司最注重的就是客戶服務，也就是說，「應付客訴」以及「我方失誤的道歉」是絕對不能出錯的！用日文該怎麼說？請跟著本單元一起學習吧！

12 抱怨
不平不満（ふへいふまん）

1) 應付客訴

お客（きゃく）： 今回発注（こんかいはっちゅう）した電池（でんち）に、不良品（ふりょうひん）が2（ふた）つもあったんですが……。

o kya.ku ko.n.ka.i ha.c.chu.u.shi.ta de.n.chi ni fu.ryo.o.hi.n ga fu.ta.tsu mo a.t.ta n de.su ga

客人：這次所訂購的電池裡，有二個瑕疵品……。

わたし： 不良品（ふりょうひん）ですか。申（もう）しわけございません。

wa.ta.shi fu.ryo.o.hi.n de.su ka mo.o.shi.wa.ke go.za.i.ma.se.n

不良品（ふりょうひん）の状況（じょうきょう）について、詳（くわ）しく教（おし）えていただけませんでしょうか。

fu.ryo.o.hi.n no jo.o.kyo.o ni tsu.i.te ku.wa.shi.ku o.shi.e.te i.ta.da.ke.ma.se.n de.sho.o ka

我：瑕疵品嗎？真是抱歉。可否麻煩您詳細告訴我瑕疵品的狀況嗎？

お客（きゃく）： デジカメに入（い）れると、数秒（すうびょう）してすぐにだめになっちゃうんです。

o kya.ku de.ji.ka.me ni i.re.ru to su.u.byo.o.shi.te su.gu ni da.me ni na.c.cha.u n de.su

外見（がいけん）も少（すこ）し歪（ゆが）んでます。

ga.i.ke.n mo su.ko.shi yu.ga.n.de.ma.su

客人：一放在數位相機裡，才過幾秒就立刻不行了。外表也有點歪掉。

わたし：　そうですか。

wa.ta.shi　so.o de.su ka

重(かさ)ね重(がさ)ね申(もう)しわけございませんが、不(ふ)良品(りょうひん)をこちらへお送(おく)りいただけませんでしょうか。

ka.sa.ne.ga.sa.ne mo.o.shi.wa.ke go.za.i.ma.se.n ga fu.ryo.o.hi.n o ko.chi.ra e o o.ku.ri i.ta.da.ke.ma.se.n de.sho.o ka

我：那樣啊！非常非常抱歉，可否麻煩您把瑕疵品寄到（我們）這裡嗎？

お客(きゃく)：　いいですよ。

o kya.ku　i.i de.su yo

客人：好啊。

わたし：　恐(おそ)れ入(い)ります。着払(ちゃくばら)いでお送(おく)りください。

wa.ta.shi　o.so.re.i.ri.ma.su cha.ku.ba.ra.i de o o.ku.ri ku.da.sa.i

不良品分(ふりょうひんぶん)の２つ(ふた)は大至急(だいしきゅう)お送(おく)りいたします。

fu.ryo.o.hi.n bu.n no fu.ta.tsu wa da.i.shi.kyu.u o o.ku.ri i.ta.shi.ma.su

お名前(なまえ)とご住所(じゅうしょ)、お電話番号(でんわばんごう)をお教(おし)え願(ねが)えますか。

o na.ma.e to go ju.u.sho o de.n.wa ba.n.go.o o o o.shi.e ne.ga.e.ma.su ka

我：不好意思。請您以貨到付款方式寄送。我會緊急把瑕疵品那二份寄出。可以告訴我您的大名、地址與電話號碼嗎？

12 抱怨

不平不満

▶▶▶

一定要聽得懂的一句話！

1. 注文したものと違うものが届いたんですが……。
chu.u.mo.n.shi.ta mo.no to chi.ga.u mo.no ga to.do.i.ta n de.su ga
送來了與所訂購的不一樣的東西。

2. もっと気をつけてくださいよ。
mo.t.to ki o tsu.ke.te ku.da.sa.i yo
要更小心啊！

3. こんなことが３回もあるなんて、ちょっとひどすぎませんか。
ko.n.na ko.to ga sa.n.ka.i mo a.ru na.n.te cho.t.to hi.do.su.gi.ma.se.n ka
這種事情已經有三次，不覺得有點過分嗎？

4. もっと注意を払ってください。
mo.t.to chu.u.i o ha.ra.t.te ku.da.sa.i
請更注意一點。

5. 注文番号はＤＡ－８９７３２です。
chu.u.mo.n ba.n.go.o wa di.i e.e no ha.chi kyu.u na.na sa.n ni de.su
訂單號碼是DA-89732。

6. 付属品のアクセサリーが入ってないんですが……。
fu.zo.ku.hi.n no a.ku.se.sa.ri.i ga ha.i.t.te na.i n de.su ga
附屬品的配件沒放在裡面……。

一定要說的一句話！

1. たいへん申しわけございません。

ta.i.he.n mo.o.shi.wa.ke go.za.i.ma.se.n

非常抱歉。

2. 本当にすみません。

ho.n.to.o ni su.mi.ma.se.n

真的不好意思。

3. たいへん失礼いたしました。

ta.i.he.n shi.tsu.re.e i.ta.shi.ma.shi.ta

非常對不起。

4. 担当の者にきつく言って聞かせます。

ta.n.to.o no mo.no ni ki.tsu.ku i.t.te ki.ka.se.ma.su

會嚴正訓示負責人。

5. 不良品を弊社のほうまでお送りいただけませんでしょうか。

fu.ryo.o.hi.n o he.e.sha no ho.o ma.de o o.ku.ri i.ta.da.ke.ma.se.n de.sho.o ka

能否麻煩您把瑕疵品寄到敝公司呢？

6. 今後はこのようなことがないよう、注意いたします。

ko.n.go wa ko.no yo.o.na ko.to ga na.i yo.o chu.u.i i.ta.shi.ma.su

今後不會再有這種事，（我們）會注意。

▶▶▶

2）我方失誤的道歉

お客（きゃく）：	すみません。これ、返品（へんぴん）したいんだけど……。	客人：不好意思。這件，我想退貨……。
o kya.ku	su.mi.ma.se.n ko.re he.n.pi.n.shi.ta.i n da.ke.do	
わたし：	何（なに）か不都合（ふつごう）がございましたか。	我：請問有什麼問題嗎？
wa.ta.shi	na.ni ka fu.tsu.go.o ga go.za.i.ma.shi.ta ka	
お客（きゃく）：	ここ、汚（よご）れてるでしょ。それからここも。	客人：這裡，有髒汙吧。還有這裡也是。
o kya.ku	ko.ko yo.go.re.te.ru de.sho so.re.ka.ra ko.ko mo	
わたし：	失礼（しつれい）いたしました。	我：非常抱歉。我現在去叫負責的人來，所以可否麻煩您在那裡的會客室等呢？咖啡還是紅茶好呢？
wa.ta.shi	shi.tsu.re.e i.ta.shi.ma.shi.ta	
	今（いま）、担当（たんとう）の者（もの）を呼（よ）んで参（まい）りますので、あちらの応接室（おうせつしつ）のほうでお待（ま）ちいただいてもよろしいでしょうか。	
	i.ma ta.n.to.o no mo.no o yo.n.de ma.i.ri.ma.su no.de a.chi.ra no o.o.se.tsu.shi.tsu no ho.o de o ma.chi i.ta.da.i.te mo yo.ro.shi.i de.sho.o ka	
	コーヒーか紅茶（こうちゃ）でもいかがですか。	
	ko.o.hi.i ka ko.o.cha de.mo i.ka.ga de.su ka	

お客(きゃく)：　お構(かま)いなく。

o kya.ku　o ka.ma.i na.ku

わざわざ会社(かいしゃ)まで来(く)るほどじゃなかったんだけど、逆(ぎゃく)に悪(わる)かったわね。

wa.za.wa.za ka.i.sha ma.de ku.ru ho.do ja na.ka.t.ta n da.ke.do gya.ku ni wa.ru.ka.t.ta wa ne

客人：不用客氣。雖然沒有到要特別來公司的程度，但（這樣）反而讓我不好意思耶。

わたし：　いえ、すべてこちらのミスですので、そんなことおっしゃらないでください。

wa.ta.shi　i.e su.be.te ko.chi.ra no mi.su de.su no.de so.n.na ko.to o.s.sha.ra.na.i.de ku.da.sa.i

こちらは弊社(へいしゃ)のキャラクターグッズです。よろしければお持(も)ちください。

ko.chi.ra wa he.e.sha no kya.ra.ku.ta.a gu.z.zu de.su yo.ro.shi.ke.re.ba o mo.chi ku.da.sa.i

我：不，一切都是我方的錯誤，所以請您別那樣說。這是敝公司的吉祥物商品。不嫌棄的話請收下來。

お客(きゃく)：　わあ、可愛(かわい)い。

o kya.ku　wa.a ka.wa.i.i

客人：哇，好可愛。

12 抱怨

不平不満（ふへいふまん）

▶▶▶

一定要聽得懂的一句話！

1. きちんと確認（かくにん）してくれたのかな。
ki.chi.n.to ka.ku.ni.n.shi.te ku.re.ta no ka.na
有好好確認過嗎？

2. 担当者（たんとうしゃ）を呼（よ）んで説明（せつめい）してくれる。
ta.n.to.o.sha o yo.n.de se.tsu.me.e.shi.te ku.re.ru
可以叫負責人來給我説明嗎？

3. 十分配慮（じゅうぶんはいりょ）してくれないと困（こま）るんだけど……。
ju.u.bu.n ha.i.ryo.shi.te ku.re.na.i to ko.ma.ru n da.ke.do
如果你們不好好注意，我可是會很困擾的……。

4. 伝票（でんぴょう）の数字（すうじ）が間違（まちが）ってるよ。
de.n.pyo.o no su.u.ji ga ma.chi.ga.t.te.ru yo
帳單上的數字弄錯了喔。

5. このコーヒー、冷（さ）めてるよ。
ko.no ko.o.hi.i sa.me.te.ru yo
這杯咖啡，冷掉了喔。

6. おたくの商品管理（しょうひんかんり）、問題（もんだい）があるんじゃないの。
o ta.ku no sho.o.hi.n ka.n.ri mo.n.da.i ga a.ru.n ja na.i no
你們的品管，是不是有問題啊？

▶▶▶

一定要說的一句話！

1. こちらの発注(はっちゅう)ミスです。

ko.chi.ra no ha.c.chu.u mi.su de.su

是我方下錯訂單。

2. すべてこちらの責任(せきにん)です。

su.be.te ko.chi.ra no se.ki.ni.n de.su

一切都是我方的責任。

3. たいへんお手数(てすう)をおかけしました。

ta.i.he.n o te.su.u o o ka.ke shi.ma.shi.ta

造成您很大的麻煩。

4. わたしどもの手違(てちが)いです。

wa.ta.shi do.mo no te.chi.ga.i de.su

是我們這邊的疏失。

5. 原因(げんいん)はこちらにあります。

ge.n.i.n wa ko.chi.ra ni a.ri.ma.su

原因在於我方。

6. 次回(じかい)はもっと慎重(しんちょう)に処理(しょり)します。

ji.ka.i wa mo.t.to shi.n.cho.o ni sho.ri.shi.ma.su

下次會更加謹慎處理的。

無法立即答覆時的應對祕訣！

身為公司的一員，時常會碰到無法獨自做決策的時候。此時，若是慌張地擅自下決定，必然會造成無可挽回的局面。特別是遇到難以處理的情況，像是要求降價、突然解約、或是遇到絕對無法答應的無理要求等等。但因為對方是重要客戶，若是回絕得不夠周全，或許就會失去這位客戶的信賴。因此，怎麼樣的對應方式才是良策呢？在此傳授一些因應的配套說辭給各位吧！

狀況一） 不知如何處理時，先展現積極的態度，讓對方有安心和滿足感。

お客(きゃく)：そろそろ新商品(しんしょうひん)が入荷(にゅうか)した頃(ころ)だと思(おも)うんだけど、まだかな。

客戶：我想差不多該是新商品進貨的時候了，還沒嗎？

わたし：申(もう)しわけございません。すぐに確認(かくにん)し、後(のち)ほどご連絡(れんらく)させていただきます。

我：十分抱歉。我會立刻確認，稍後再與您聯繫。

狀況二） 不知該如何回應時，先和上司討論後再做決定。

お客(きゃく)：もう少(すこ)し安(やす)くならないの？

客戶：不能再便宜一點嗎？

わたし：申(もう)しわけございません。わたくしの一存(いちぞん)では決(き)めかねますので、その旨(むね)、上司(じょうし)に申(もう)し伝(つた)えます。

我：十分抱歉。我個人無法做決定，會將您的意思向上司反應。

狀況三） 不是自己負責的工作不隨便判斷，而是交給專門負責的人來解決，這也是一種專業的表現。

お客：この間頼んだ商品、キャンセルしたいんだけど……。

客戶：我想取消之前訂購的商品……。

わたし：ただ今、担当の者に確認してまいりますので、少々お待ちいただけますでしょうか。

我：現在馬上與負責人確認，可以稍等我一下嗎？

狀況四） 縱使是難以達成的要求也不可立刻回絕，先表示會努力看看，之後再提出解決方案以示誠意。

お客：今日中に届けてほしいんだけど……。

客戶：我希望今天之內能夠送達……。

わたし：申しわけございません。大至急確認いたしますが、もし難しい場合は、明日の午前中までに配達できるよう交渉いたしますが、いかがでしょうか。

我：十分抱歉。我會緊急做確認，但如果有困難，我會交涉能在明天中午前送達，如何呢？

狀況五）被提出無理的要求時，應該以「這是公司規定」為由，委婉地拒絕。

お客：これ、使ったら気に入らなかったんだけど、返品してもいいですか。

客戶：這個，我用過了才覺得不喜歡，可以退貨嗎？

わたし：お客様のご事情も理解できるのですが、会社の決まりでお引き受けできないことになっておりまして……。たいへん申しわけございません。

我：客人您的心情我很明白，但這是公司的規定，恕無法退貨……。十分抱歉。

13 拒絕

拒絕別人本來就是一件困難的事，更何況是工作上的事情？本單元分為「委婉拒絕」和「強硬拒絕」二小單元，將告訴您如何運用適當的措辭來拒絕別人。

13 拒絶

拒否

1）委婉拒絕

同僚：	呉さん、悪いんだけどお願いしてもいいかな。	同事：吳先生，不好意思，可以拜託你嗎？
do.o.ryo.o	u.u sa.n wa.ru.i n da.ke.do o ne.ga.i shi.te mo i.i ka.na	
わたし：	どんなご用件ですか。	我：什麼樣的事情呢？
wa.ta.shi	do.n.na go yo.o.ke.n de.su ka	
同僚：	これを郵便局に持っていって送ってほしいの。	同事：我想要把這個拿去郵局寄送。雖然很急，但我目前騰不出手。
do.o.ryo.o	ko.re o yu.u.bi.n.kyo.ku ni mo.t.te i.t.te o.ku.t.te ho.shi.i no	
	急ぎなんだけど、わたし今、手が離せなくて。	
	i.so.gi.na n da.ke.do wa.ta.shi i.ma te ga ha.na.se.na.ku.te	
わたし：	お手伝いしたいのはやまやまなんですが、今、部長に会議のコピーを頼まれてまして……。	我：雖然很想幫忙，但現在被部長要求去印會議用的東西……。
wa.ta.shi	o te.tsu.da.i shi.ta.i no wa ya.ma.ya.ma.na n de.su ga i.ma bu.cho.o ni ka.i.gi no ko.pi.i o ta.no.ma.re.te.ma.shi.te	

同僚（どうりょう）：　でも、今（いま）コピー機（き）、空（あ）いてないんじゃないの。

do.o.ryo.o　de.mo i.ma ko.pi.i.ki a.i.te na.i n ja na.i no

同事：可是，現在影印機都沒空不是嗎？

わたし：　はい。でも、あと数分（すうふん）で空（あ）くそうなので……。すみません。

wa.ta.shi　ha.i de.mo a.to su.u.fu.n de a.ku so.o.na no.de su.mi.ma.se.n

我：是的。但是，聽說再幾分鐘就空下來，所以……。抱歉。

同僚（どうりょう）：　部長（ぶちょう）の用（よう）じゃしょうがないわね。分（わ）かった。他（ほか）の人（ひと）にお願（ねが）いする。

do.o.ryo.o　bu.cho.o no yo.o ja sho.o.ga.na.i wa ne wa.ka.t.ta ho.ka no hi.to ni o ne.ga.i su.ru

同事：是部長的事情就沒辦法了啊。知道了。我去拜託別人。

13 拒絕

拒否（きょひ）

▶▶▶

一定要聽得懂的一句話！

1. 悪（わる）いんだけど、お願（ねが）いしてもいい。
wa.ru.i n da.ke.do o ne.ga.i shi.te mo i.i
不好意思，可以麻煩你嗎？

2. 申（もう）しわけないんだけど、コピーお願（ねが）い。
mo.o.shi.wa.ke na.i n da.ke.do ko.pi.i o ne.ga.i
很抱歉，麻煩你影印。

3. 今（いま）すぐやってくれないと困（こま）るんだよね。
i.ma su.gu ya.t.te ku.re.na.i to ko.ma.ru n da yo ne
現在不馬上幫我做的話，我會很傷腦筋耶。

4. この資料（しりょう）、明日（あした）までに仕上（しあ）げといてくれる。
ko.no shi.ryo.o a.shi.ta ma.de ni shi.a.ge.to.i.te ku.re.ru
這份資料，可以明天之前幫我先做好嗎？

5. 手（て）が足（た）りないんだけど、手伝（てつだ）ってくれるかな。
te ga ta.ri.na.i n da.ke.do te.tsu.da.t.te ku.re.ru ka.na
因為人手不足，可以幫我忙嗎？

6. これ、５０部（ごじゅうぶ）コピーしといてくれる。
ko.re go.ju.u.bu ko.pi.i.shi.to.i.te ku.re.ru
可以把這個先影印五十份嗎？

MP3 75

一定要說的一句話！

1. 残念ですが、今回はちょっと……。

za.n.ne.n de.su ga ko.n.ka.i wa cho.t.to

雖然覺得可惜，但這次有點……。

2. 悪いけど、ちょっとできそうもないですね。

wa.ru.i ke.do cho.t.to de.ki.so.o mo na.i de.su ne

不好意思，好像有點沒辦法完成耶。

3. せっかくですが、今回は見送らせていただけると助かるんですが……。

se.k.ka.ku de.su ga ko.n.ka.i wa mi.o.ku.ra.se.te i.ta.da.ke.ru to ta.su.ka.ru n de.su ga

難得有這個機會，但這次要是能讓我目送，就太感謝了……。

4. お役に立てなくてすみません。

o ya.ku ni ta.te.na.ku.te su.mi.ma.se.n

不好意思沒幫上忙。

5. わたしは経験不足ですから、ちょっと難しいですね。

wa.ta.shi wa ke.e.ke.n bu.so.ku de.su ka.ra cho.t.to mu.zu.ka.shi.i de.su ne

因為我經驗不足，所以（對我來說）有點困難唷。

6. 今のわたしには能力不足でできかねます。

i.ma no wa.ta.shi ni wa no.o.ryo.ku bu.so.ku de de.ki.ka.ne.ma.su

對現在的我來說，由於能力不夠，所以無法做。

2) 強硬拒絕

同僚： 悪いんだけど、あさってのシフト、代わってもらえないかな。
do.o.ryo.o wa.ru.i n da.ke.do a.sa.t.te no shi.fu.to ka.wa.t.te mo.ra.e.na.i ka.na

同事：不好意思，後天的值班，你可以代替我嗎？

わたし： あさってですか。今、スケジュール帳を見てみます。
wa.ta.shi a.sa.t.te de.su ka i.ma su.ke.ju.u.ru.cho.o o mi.te mi.ma.su

我：後天嗎？我現在看看行事曆手冊。

同僚： 代わってもらえないと困るのよ。
do.o.ryo.o ka.wa.t.te mo.ra.e.na.i to ko.ma.ru no yo

アメリカから友人が来るから、空港に迎えに行かなきゃならなくなっちゃって。
a.me.ri.ka ka.ra yu.u.ji.n ga ku.ru ka.ra ku.u.ko.o ni mu.ka.e ni i.ka.na.kya na.ra.na.ku na.c.cha.t.te

同事：若不能代替我的話，就傷腦筋了。因為朋友從美國來，所以得去機場接機。

わたし： すみません。
wa.ta.shi su.mi.ma.se.n

あいにくですが、その日は課長と打ち合わせに出かけることになってますので、無理です。

我：不好意思。真不巧，因為那一天要與課長出去談事情，所以沒辦法。

a.i.ni.ku de.su ga so.no hi wa ka.cho.o to u.chi.a.wa.se ni de.ka.ke.ru ko.to ni na.t.te.ma.su no.de mu.ri de.su

同僚：　打ち合わせじゃしょうがないわね。そうだ、この後いっしょにカラオケでもどう？

do.o.ryo.o　u.chi.a.wa.se ja sho.o ga na.i wa ne so.o da ko.no a.to i.s.sho ni ka.ra.o.ke de.mo do.o

同事：談事情就沒辦法了啊。對了，接下來一起去卡拉OK怎麼樣？

わたし：　ありがとうございます。

wa.ta.shi　a.ri.ga.to.o go.za.i.ma.su

でも、今日は体調がすぐれないので、早めに帰って休みたいんです。

de.mo kyo.o wa ta.i.cho.o ga su.gu.re.ra.i no.de ha.ya.me ni ka.e.t.te ya.su.mi.ta.i n de.su

また機会があったら、声をかけてください。

ma.ta ki.ka.i ga a.t.ta.ra ko.e o ka.ke.te ku.da.sa.i

我：謝謝你。但是，今天身體狀況不好，所以想早點回去休息。下次還有機會的話，請叫我一聲。

同僚：　じゃあ、いっしょに帰ってあげる。

do.o.ryo.o　ja.a i.s.sho ni ka.e.t.te a.ge.ru

同事：那麼，我陪你一起回去。

わたし：　いえ、1人で静かになりたいんで……。

wa.ta.shi　i.e hi.to.ri de shi.zu.ka ni na.ri.ta.i n de

我：不，我想一個人靜一靜……。

13 拒絕

拒否（きょひ）

▶▶▶

一定要聽得懂的一句話！

1. 今日（きょう）、2時間（にじかん）くらい残（のこ）ってくれる。
kyo.o ni.ji.ka.n ku.ra.i no.ko.t.te ku.re.ru
今天你能留下來二個小時左右嗎？

2. 今夜（こんや）、これから飲（の）みに行（い）かない。
ko.n.ya ko.re ka.ra no.mi ni i.ka.na.i
今晚，接下來不一起去喝酒嗎？

3. この企画書（きかくしょ）、代（か）わりにお願（ねが）いできないかな。
ko.no ki.ka.ku.sho ka.wa.ri ni o ne.ga.i de.ki.na.i ka.na
這份企劃書，可以麻煩你幫我做嗎？

4. 久々（ひさびさ）にカラオケにでも行（い）こうか。
hi.sa.bi.sa ni ka.ra.o.ke ni de.mo i.ko.o ka
一起去好久沒去的卡拉OK吧？

5. 弊社（へいしゃ）の材料（ざいりょう）を使（つか）うよう検討（けんとう）していただけませんか。
he.e.sha no za.i.ryo.o o tsu.ka.u yo.o ke.n.to.o.shi.te i.ta.da.ke.ma.se.n ka
能否考慮使用敝公司的材料呢？

6. そこを何（なん）とかお願（ねが）いしますよ。
so.ko o na.n to.ka o ne.ga.i shi.ma.su yo
那方面無論如何都麻煩你喔。

一定要說的一句話！

1. ぜったいだめです。

ze.t.ta.i da.me de.su

絕對不行。

2. お断りします。

o ko.to.wa.ri shi.ma.su

拒絕。

3. 会社の決まりですので無理です。

ka.i.sha no ki.ma.ri de.su no.de mu.ri de.su

因為是公司的規定，所以不行。

4. 再考の余地はまったくありません。

sa.i.ko.o no yo.chi wa ma.t.ta.ku a.ri.ma.se.n

完全沒有重新考慮的餘地。

5. ご趣旨に添えなくて申しわけございません。

go shu.shi ni so.e.na.ku.te mo.o.shi.wa.ke go.za.i.ma.se.n

無法如您所願，深感歉意。

6. だめなものはだめなんです。

da.me.na mo.no wa da.me.na n de.su

不行的事情就是不行。

日本人為何總愛加班？

日本人工作賣力，在世界上是眾所皆知的。而且幾乎是每天都在加班，明明沒有薪水，假日照常上班的例子也是屢見不鮮。那麼，日本人真的喜歡工作嗎？真的是因為喜歡所以才加班的嗎？答案是，一半是對的，一半是錯的。

日本的確也有這樣的上班族，是一旦被交付重要的工作，就會覺得活得有意義。不過，如果被問到是否感到幸福時，他就會陷入沉思當中吧！事實上，我自己過去在日本工作，當時工作也是責任制，幾乎每天都在加班。如今回想起來，那的確能讓人感到存在的價值。可是，在外國人看來，日本人因工作忙碌而加班的確無可奈何，但百思不得其解的是，為何不忙碌的時候也要加班？而且這些日本人並不是協助正在忙碌的同事，而是在等待同事工作結束的同時，順便將手邊不急的工作做一做。很多日本人經常都是「サービス残業」（無償加班），他們的理由是，如果自己先回家的話，對於還在加班的人很不好意思，但也僅是這樣的理由而已。

華人也是很拚命地工作，這點和日本人相同。但不同的是華人加班是為了家人、為了生活，而日本人可以說是為了公司。我向日本友人詢問他們對於加班的看法，竟得到像這樣的回答：「定時に退社するなんて、後ろめたいよ」（準時下班，內心會感到內疚啊）、「上司が定時に帰れって言ってもそれは建て前。そこで帰ったら、査定に響く」（上司嘴上雖說給我準時回家，但那只是表面話。若照上司說的回家，肯定會影響考核成績）、「定時帰宅は、無能な人間の証明だよ」（準時回家，代表是個沒有能力的人吧）等等。當個日本人還真難為啊！

14 人際關係

在日商公司，除了工作之外，人際關係也是很重要的。獨善其身、將自己置身事外，那可不行！本單元運用「邀請」、「歡送會」、「員工旅遊」這些場景，教您人際關係的相關日語！

14 人際關係

にんげんかんけい
人間関係

1）邀請

わたし： お昼（ひる）ごはん食（た）べに行（い）くんですけど、いっしょにどうですか。

wa.ta.shi o hi.ru go.ha.n ta.be ni i.ku n de.su ke.do i.s.sho ni do.o de.su ka

王（ワン）さんはお寿司（すし）がいいって言（い）ってて、李（リー）さんはイタリアンがいいって言（い）ってるんですけど、鈴木（すずき）さんもいっしょにどうぞ。

wa.n sa.n wa o su.shi ga i.i t.te i.t.te.te ri.i sa.n wa i.ta.ri.a.n ga i.i t.te i.t.te.ru n de.su ke.do su.zu.ki sa.n mo i.s.sho ni do.o.zo

我：我們要去吃午餐，一起（去）如何呢？王小姐說壽司好，李先生說義大利菜好，請鈴木小姐也一起吧。

同僚（どうりょう）： いえ、わたしはお弁当（べんとう）を持（も）ってきてるんでいいです。

do.o.ryo.o i.e wa.ta.shi wa o be.n.to.o o mo.t.te ki.te.ru n de i.i de.su

同事：不，我帶便當來，所以不用了。

わたし：　じゃ、わたしたちもコンビニで買(か)って、近(ちか)くの公園(こうえん)で食(た)べませんか。

wa.ta.shi　ja wa.ta.shi ta.chi mo ko.n.bi.ni de ka.t.te chi.ka.ku no ko.o.e.n de ta.be.ma.se.n ka

あそこの公園(こうえん)、今(いま)、桜(さくら)がたくさん咲(さ)いててきれいなんです。

a.so.ko no ko.o.e.n i.ma sa.ku.ra ga ta.ku.sa.n sa.i.te.te ki.re.e.na n de.su

我：那麼，我們也在便利商店買，在附近的公園吃如何呢？那裡的公園，現在開很多櫻花，很漂亮。

同僚(どうりょう)：　でも、ほかにやりたいことがあるんで……。

do.o.ryo.o　de.mo ho.ka ni ya.ri.ta.i ko.to ga a.ru n de

同事：可是，我還想做別的事，所以……。

わたし：　そうですか。じゃあ、また今度(こんど)。

wa.ta.shi　so.o de.su ka ja.a ma.ta ko.n.do

我：那樣啊！那麼，就下一次。

同僚(どうりょう)：　はい、誘(さそ)ってくれてありがとうございました。

do.o.ryo.o　ha.i sa.so.t.te ku.re.te a.ri.ga.to.o go.za.i.ma.shi.ta

同事：好的，謝謝你邀請我。

わたし：　いいえ。

wa.ta.shi　i.i.e

我：不會。

14 人際關係

人間関係（にんげんかんけい）

一定要聽得懂的一句話！

1. ごはん食（た）べに行（い）きませんか。
go.ha.n ta.be ni i.ki.ma.se.n ka
要不要去吃飯呢？

2. ラーメン、好（す）きでしたよね。
ra.a.me.n su.ki de.shi.ta yo ne
我記得你喜歡吃拉麵對吧。

3. 今（いま）、ひまですか。
i.ma hi.ma de.su ka
現在有空嗎？

4. おいしいピザ屋（や）さんを発見（はっけん）したんですが……。
o.i.shi.i pi.za.ya sa.n o ha.k.ke.n.shi.ta n de.su ga
發現了好吃的披薩店……。

5. ご都合（つごう）はよろしいですか。
go tsu.go.o wa yo.ro.shi.i de.su ka
您方便嗎？

6. それなら、明日（あした）の夜（よる）はどうですか。
so.re.na.ra a.shi.ta no yo.ru wa do.o de.su ka
那麼，明天晚上怎麼樣？

一定要說的一句話！

1. 夕食にお招きしたいんですが、よろしいですか。

yu.u.sho.ku ni o ma.ne.ki shi.ta.i n de.su ga yo.ro.shi.i de.su ka

我想約您（去吃）晚餐，可以嗎？

2. いつでもけっこうですよ。

i.tsu de.mo ke.k.ko.o de.su yo

隨時可以喔。

3. 火曜の昼なんかどうですか。

ka.yo.o no hi.ru na.n.ka do.o de.su ka

禮拜二的中午之類的如何呢？

4. 何かご予定がありますか。

na.ni ka go yo.te.e ga a.ri.ma.su ka

有什麼約會了嗎？

5. お時間はいかがでしょうか。

o ji.ka.n wa i.ka.ga de.sho.o ka

您的時間如何呢？

6. おつきあい願えますか。

o tsu.ki.a.i ne.ga.e.ma.su ka

可以麻煩您陪我嗎？

2) 歡送會

同僚：呉さん、小野さんが結婚退職することになったんで、来週の金曜日に送別会を開くんだけど、行くよね。
do.o.ryo.o u.u sa.n o.no sa.n ga ke.k.ko.n ta.i.sho.ku.su.ru ko.to ni na.t.ta n de ra.i.shu.u no ki.n.yo.o.bi ni so.o.be.tsu.ka.i o hi.ra.ku n da ke.do i.ku yo ne

同事：吳先生，小野小姐因為結婚要離職，所以下禮拜五會辦個歡送會，你會去吧。

わたし：もちろん行きます。
wa.ta.shi mo.chi.ro.n i.ki.ma.su

ただ、その日に出張先のシンガポールから戻るので、たぶん時間ぎりぎりになっちゃうと思いますけど……。
ta.da so.no hi ni shu.c.cho.o sa.ki no shi.n.ga.po.o.ru ka.ra mo.do.ru no.de ta.bu.n ji.ka.n gi.ri.gi.ri ni na.c.cha.u to o.mo.i.ma.su ke.do

我：當然會去。只不過，那天才會從出差地新加坡回來，所以我想時間上可能勉勉強強……。

同僚：来てくれればいいわよ。呉さんと小野さんって仲が良かったものね。
do.o.ryo.o ki.te ku.re.re.ba i.i wa yo u.u sa.n to o.no sa.n t.te na.ka ga yo.ka.t.ta mo.no ne

同事：你能來的話就好喔。吳先生與小野小姐感情很好嘛。

わたし：　はい。それなので、ちょっと複雑な気持ちです。

wa.ta.shi　ha.i so.re na no.de cho.t.to fu.ku.za.tsu.na ki.mo.chi de.su

うれしいような悲しいような。小野さんにはいろいろ教えてもらいました。

u.re.shi.i yo.o.na ka.na.shi.i yo.o.na o.no sa.n ni wa i.ro.i.ro o.shi.e.te mo.ra.i.ma.shi.ta

我：是的。也因此，心情有點複雜，感覺上好像又高興、又難過。小野小姐教了我很多事。

同僚：　もしかして、好きだったとか（笑い）。

do.o.ryo.o　mo.shi.ka.shi.te su.ki da.t.ta to.ka wa.ra.i

同事：你是不是喜歡她啊（笑）。

わたし：　まさか（笑い）。いい先輩として尊敬してました。

wa.ta.shi　ma.sa.ka wa.ra.i i.i se.n.pa.i to shi.te so.n.ke.e.shi.te.ma.shi.ta

我：怎麼可能（笑）。是當作好前輩而尊敬她。

同僚：　冗談よ。顔が赤くなってる（笑い）。

do.o.ryo.o　jo.o.da.n yo ka.o ga a.ka.ku na.t.te.ru wa.ra.i

同事：開玩笑的啦。臉都紅起來了（笑）。

わたし：　ひどいな。

wa.ta.shi　hi.do.i na

我：好過分啊。

14 人際關係

にんげんかんけい
人間関係

▶▶▶ 一定要聽得懂的一句話！

1. みなさん、お世話（せわ）になりました。
mi.na sa.n o se.wa ni na.ri.ma.shi.ta
謝謝大家對我的照顧。

2. 突然（とつぜん）のことですみません。
to.tsu.ze.n no ko.to de su.mi.ma.se.n
事出突然，很抱歉。

3. すてきな送別会（そうべつかい）を開（ひら）いていただき、ありがとうございます。
su.te.ki.na so.o.be.tsu.ka.i o hi.ra.i.te i.ta.da.ki a.ri.ga.to.o go.za.i.ma.su
謝謝您們給幫我辦很棒的歡送會。

4. 子供（こども）が生（う）まれて大（おお）きくなったら、また戻（もど）ってきます。
ko.do.mo ga u.ma.re.te o.o.ki.ku na.t.ta.ra ma.ta mo.do.t.te ki.ma.su
小孩出生長大後，還會再回來。

5. 部長（ぶちょう）は本社（ほんしゃ）に戻（もど）ることになったそうです。
bu.cho.o wa ho.n.sha ni mo.do.ru ko.to ni na.t.ta so.o de.su
據說部長要回總公司。

6. 山下（やました）さんが転勤（てんきん）することになったから、送別会（そうべつかい）をするそうですよ。
ya.ma.shi.ta sa.n ga te.n.ki.n.su.ru ko.to ni na.t.ta ka.ra so.o.be.tsu.ka.i o su.ru so.o de.su yo
聽說因為山下先生要調職，所以要辦歡送會喔。

MP3 81

一定要說的一句話！

1. 入ったばかりの頃いろいろ助けていただいたことは、今でも忘れられません。

ha.i.t.ta ba.ka.ri no ko.ro i.ro.i.ro ta.su.ke.te i.ta.da.i.ta ko.to wa i.ma de.mo wa.su.re.ra.re.ma.se.n

還記得剛進公司時得到大家的各種幫助，到現在都忘不了。

2. 仕事のコツを教えていただき、感謝しています。

shi.go.to no ko.tsu o o.shi.e.te i.ta.da.ki ka.n.sha.shi.te i.ma.su

謝謝您教我工作的訣竅。

3. 仕事だけではなく、プライベートでもお世話になりました。

shi.go.to da.ke de wa na.ku pu.ra.i.be.e.to de mo o se.wa ni na.ri.ma.shi.ta

不僅僅是工作，連私事也照顧了我。

4. 元気な赤ちゃんを産んでくださいね。

ge.n.ki.na a.ka.cha.n o u.n.de ku.da.sa.i ne

要生出健康的寶寶喔！

5. 新しい職場に行っても、また気軽に遊びにきてくださいね。

a.ta.ra.shi.i sho.ku.ba ni i.t.te mo ma.ta ki.ga.ru ni a.so.bi ni ki.te ku.da.sa.i ne

就算到了新的上班地方，也請輕輕鬆鬆地回來玩喔！

6. ご活躍をお祈りしています。

go ka.tsu.ya.ku o o i.no.ri shi.te i.ma.su

祝大展鴻圖。

3) 員工旅遊

わたし：	やっぱり温泉はいいですね。今までの疲れが一気に吹き飛びます。	我：還是溫泉最棒哪。至今的疲倦也一掃而空。
wa.ta.shi	ya.p.pa.ri o.n.se.n wa i.i de.su ne i.ma ma.de no tsu.ka.re ga i.k.ki ni fu.ki.to.bi.ma.su	
同僚：	呉さんは日本の温泉に行ったことがありますか。	同事：吳先生去過日本的溫泉嗎？
do.o.ryo.o	u.u sa.n wa ni.ho.n no o.n.se.n ni i.t.ta ko.to ga a.ri.ma.su ka	
わたし：	いいえ、まだありません。	我：不，還沒有。之前電視上介紹了邊眺望海邊邊泡溫泉還可以喝酒的旅館。想去看看耶。
wa.ta.shi	i.i.e ma.da a.ri.ma.se.n	
	この間テレビで、海を眺めながら温泉につかって、お酒を飲むこともできるという旅館を紹介してました。	
	ko.no a.i.da te.re.bi de u.mi o na.ga.me.na.ga.ra o.n.se.n ni tsu.ka.t.te o sa.ke o no.mu ko.to mo de.ki.ru to i.u ryo.ka.n o sho.o.ka.i.shi.te.ma.shi.ta	
	行ってみたいですね。	
	i.t.te mi.ta.i de.su ne	

同僚（どうりょう）：日本（にほん）の温泉（おんせん）はいいですよ。

do.o.ryo.o　ni.ho.n no o.n.se.n wa i.i de.su yo

そうそう、2年前（にねんまえ）に行（い）った東北（とうほく）の温泉（おんせん）は混浴（こんよく）の露天風呂（ろてんぶろ）でした。

so.o.so.o ni.ne.n ma.e ni i.t.ta to.o.ho.ku no o.n.se.n wa ko.n.yo.ku no ro.te.n bu.ro de.shi.ta

残念（ざんねん）なことに温泉（おんせん）の湯煙（ゆけむり）で何（なに）も見（み）えませんでしたけど……（笑（わら）い）。

za.n.ne.n.na ko.to ni o.n.se.n no yu.ke.mu.ri de na.ni mo mi.e.ma.se.n de.shi.ta ke.do wa.ra.i

同事：日本的溫泉很棒喔。對了，二年前去的東北的溫泉是男女共浴的露天溫泉。可惜的是，因為溫泉熱氣的關係，什麼都看不到……（笑）。

わたし：それは残念（ざんねん）でしたね（笑（わら）い）。

wa.ta.shi　so.re wa za.n.ne.n de.shi.ta ne wa.ra.i

我：那（真是）可惜啊（笑）。

同僚（どうりょう）：猿（さる）も入（はい）ってきたりして、おもしろかったです。

do.o.ryo.o　sa.ru mo ha.i.t.te ki.ta.ri.shi.te o.mo.shi.ro.ka.t.ta de.su

来年（らいねん）の社員旅行（しゃいんりょこう）は日本（にほん）に行（い）きたいですね。

ra.i.ne.n no sha.i.n ryo.ko.o wa ni.ho.n ni i.ki.ta.i de.su ne

同事：猴子也進來泡，真有趣。明年的員工旅遊想去日本啊。

わたし：賛成（さんせい）です。

wa.ta.shi　sa.n.se.e de.su

我：贊成。

14 人際關係

人間関係(にんげんかんけい)

一定要聽得懂的一句話！

1. 社員旅行(しゃいんりょこう)はどこに行(い)きたいですか。
   sha.i.n ryo.ko.o wa do.ko ni i.ki.ta.i de.su ka
   員工旅遊想去哪裡呢？

2. アンケート調査(ちょうさ)で旅行先(りょこうさき)を決(き)めたいと思(おも)います。
   a.n.ke.e.to cho.o.sa de ryo.ko.o sa.ki o ki.me.ta.i to o.mo.i.ma.su
   想說用問卷調查來決定旅遊地點。

3. 田舎(いなか)の風景(ふうけい)はとてもきれいです。
   i.na.ka no fu.u.ke.e wa to.te.mo ki.re.e de.su
   鄉下的風景非常美麗。

4. 投票(とうひょう)で決(き)めましょう。
   to.o.hyo.o de ki.me.ma.sho.o
   用投票來決定吧。

5. 日本(にほん)は6票(ろっぴょう)でタイは8票(はっぴょう)です。
   ni.ho.n wa ro.p.pyo.o de ta.i wa ha.p.pyo.o de.su
   日本是六票、泰國是八票。

6. 意見(いけん)が2つ(ふた)に分(わ)かれたようです。
   i.ke.n ga fu.ta.tsu ni wa.ka.re.ta yo.o de.su
   意見好像分成二種。

一定要說的一句話！

1. ここは夜景がきれいなことで有名なんですよ。

ko.ko wa ya.ke.e ga ki.re.e.na ko.to de yu.u.me.e.na n de.su yo

這裡是因為夜景美麗而聞名的喔。

2. たまにはお寺巡りもいいもんですね。

ta.ma ni wa o te.ra me.gu.ri mo i.i mo.n de.su ne

偶爾寺廟巡禮也不錯啊。

3. 外国人観光客ばかりですね。

ga.i.ko.ku.ji.n ka.n.ko.o.kya.ku ba.ka.ri de.su ne

都是外國觀光客耶。

4. 茶芸館でちょっと休みませんか。

cha.ge.e.ka.n de cho.t.to ya.su.mi.ma.se.n ka

要不要在茶藝館休息一下呢？

5. 5つ星ホテルに泊まるのは初めてです。

i.tsu.tsu.bo.shi ho.te.ru ni to.ma.ru no wa ha.ji.me.te de.su

住五星級飯店還是第一次。

6. 前回の社員旅行は香港でした。

ze.n.ka.i no sha.i.n ryo.ko.o wa ho.n.ko.n de.shi.ta

上一次的員工旅遊是香港。

日本上班族的「ほう・れん・そう」（菠菜）法則！

各位有聽過日本上班族常在說的「ほうれん草」（菠菜）法則嗎？這個被稱為「職場禮儀」的「ほうれん草」，經常被比喻成是工作上的大動脈或公司組織的血液，可以說是讓工作順利進展不可或缺的東西。那麼，究竟什麼是職場上的「ほうれん草」呢？「ほう」是「報告」（報告），「れん」是「連絡」（聯絡），「そう」是「相談」（商量）的省略。

我們的身體，若是沒有新鮮的血液在體內循環，將會罹患重症。而對上班族而言，「ほうれん草」就如同血液一般的重要。也因此，一旦缺乏職場禮儀的「ほうれん草」，將無法將心意正確地傳達給對方。因為不管是報告也好、聯絡也好、商量也好，都不是單單只有傳達而已，能夠獲得對方的認同才是重點。因此，掌握「ほうれん草」這樣的職場禮儀是有其必要的。現在，就讓我們實際地就「報告」、「聯絡」、「商量」這三方面來談談吧！

▶報告：下屬必須對於上司下達的指示或命令，報告其過程及成果。報告的流程是下屬對上司，晚輩對前輩。

▶連絡（れんらく）：將基本資訊通知相關人員。不可在裡面加入任何個人意見或揣測。另外，不論是上司或下屬，任何人都是聯絡人，也是被聯絡人。

▶相談（そうだん）：若遇到無法決策或需要徵詢別人意見的時候，傾聽上司或前輩、同事的意見，可從中獲得建議。

在職場上，若能好好運用以上法則，同仁之間就可順利達成共識，自然而然地工作效率就會跟著提升。而辦公室氣氛一旦變得活絡，大家的工作動力也會增強。因此，試著將「ほうれん草（そう）」帶入公司吧！雖然那並不表示工作就能因此而上軌道，但至少它對預防錯誤與問題的產生、以及提升工作的效率等等與工作是否能順利推展有關的事情，可以帶來正面的影響。因此何不趁早，從明天起就來吃菠菜呢？

何事(なにごと)も経験(けいけん)しなければ賢(かしこ)くならない

不經一事，不長一智

15 訂單

從事買賣不外乎「接單」、「出貨」、「退貨」、「收款」、「催款」等事項。這些商用日文該怎麼說？請熟悉本單元的專門用語，並學習日本人專有的「緩衝用語」，在職場上大展身手吧！

15 訂單

注文（ちゅうもん）

1）接單

お客（きゃく）：	腕時計（うでどけい）を４０個（よんじゅっこ）注文（ちゅうもん）したいんですが……。	客人：我想訂四十支手錶……。
o kya.ku	u.de.do.ke.e o yo.n.ju.k.ko chu.u.mo.n.shi.ta.i n de.su ga	
わたし：	４０個（よんじゅっこ）ですね。	我：四十支對吧。我馬上去確認庫存，可否告訴我商品號碼呢？
wa.ta.shi	yo.n.ju.k.ko de.su ne	
	ただ今（いま）、在庫（ざいこ）を確認（かくにん）してまいりますので、商品番号（しょうひんばんごう）をお教（おし）えいただけますか。	
	ta.da i.ma za.i.ko o ka.ku.ni.n.shi.te ma.i.ri.ma.su no.de sho.o.hi.n ba.n.go.o o o o.shi.e i.ta.da.ke.ma.su ka	
お客（きゃく）：	見当（みあ）たらないんですが……。	客人：找不到……。
o kya.ku	mi.a.ta.ra.na.i n de.su ga	
わたし：	カタログの一番下（いちばんした）に小（ち）さい字（じ）で書（か）いてあると思（おも）うのですが……。	我：我想目錄的最下方有寫著（一排）小小的文字……。
wa.ta.shi	ka.ta.ro.gu no i.chi.ba.n shi.ta ni chi.i.sa.i ji de ka.i.te a.ru to o.mo.u no de.su ga	

お客(きゃく)：　あっ、ありました。ＡＦＲ－６７７８００３(エー エフアール の ろくなななはち ゼロゼロさん)です。

o kya.ku　a.t a.ri.ma.shi.ta e.e e.fu a.a.ru no ro.ku na.na na.na ha.chi ze.ro ze.ro sa.n de.su

客人：啊，有了。是AFR-6778003。

わたし：　かしこまりました。くり返(かえ)させていただきます。ＡＦＲ－６７７８００３(エー エフアール の ろくなななはちゼロゼロさん)ですね。

wa.ta.shi　ka.shi.ko.ma.ri.ma.shi.ta ku.ri.ka.e.sa.se.te i.ta.da.ki.ma.su e.e e.fu a.a.ru no ro.ku na.na na.na ha.chi ze.ro ze.ro sa.n de.su ne

お支払(しはら)い方法(ほうほう)は銀行(ぎんこう)振(ふ)り込(こ)みまたはネットでも支払(しはら)いが可能(かのう)ですが、いかがいたしましょうか。

o shi.ha.ra.i ho.o.ho.o wa gi.n.ko.o fu.ri.ko.mi ma.ta wa ne.t.to de mo shi.ha.ra.i ga ka.no.o de.su ga i.ka.ga i.ta.shi.ma.sho.o ka

我：（我）知道了。讓我重複一下。AFR-6778003對吧。支付方式有銀行匯款或者線上支付也可以，您覺得如何呢？

お客(きゃく)：　じゃあ、ネットで。

o kya.ku　ja.a ne.t.to de

客人：那麼，（我）用線上支付。

15 訂單

注文（ちゅうもん）

▶▶▶

一定要聽得懂的一句話！

1. ピンク系（けい）の造花（ぞうか）を５０本注文（ごじゅっぽんちゅうもん）したいんですが……。

pi.n.ku ke.e no zo.o.ka o go.ju.p.po.n chu.u.mo.n.shi.ta.i n de.su ga

我想訂粉紅色系的假花五十朵。

2. 納期（のうき）は5月１３日（ごがつじゅうさんにち）でお願（ねが）いします。

no.o.ki wa go.ga.tsu ju.u.sa.n.ni.chi de o ne.ga.i shi.ma.su

交貨期希望是五月十三日。

3. 電話（でんわ）で注文（ちゅうもん）してもいいですか。

de.n.wa de chu.u.mo.n.shi.te mo i.i de.su ka

可不可以用電話訂購呢？

4. インターネットで注文（ちゅうもん）しました。

i.n.ta.a.ne.t.to de chu.u.mo.n.shi.ma.shi.ta

上網訂了。

5. 注文書（ちゅうもんしょ）をファックスしたんですが、届（とど）いてますでしょうか。

chu.u.mo.n.sho o fa.k.ku.su.shi.ta n de.su ga to.do.i.te.ma.su de.sho.o ka

把訂單傳真過去了，有收到嗎？

6. 日本酒（にほんしゅ）を１（いち）ダース注文（ちゅうもん）したいんですが……。

ni.ho.n.shu o i.chi.da.a.su chu.u.mo.n.shi.ta.i n de.su ga

我想訂一打日本清酒……。

▶▶▶

一定要說的一句話！

1. 注文番号はいくつですか。

chu.u.mo.n ba.n.go.o wa i.ku.tsu de.su ka

請問（你的）訂單號碼是幾號呢？

2. 初めて注文される方は、新規顧客名簿に記入が必要です。

ha.ji.me.te chu.u.mo.n.sa.re.ru ka.ta wa shi.n.ki ko.kya.ku me.e.bo ni ki.nyu.u ga hi.tsu.yo.o de.su

首次訂購的人，須登記在新客戶名簿上。

3. 注文書はファックスでお願いできますか。

chu.u.mo.n.sho wa fa.k.ku.su de o ne.ga.i de.ki.ma.su ka

訂單可以麻煩您用傳真的嗎？

4. インターネットで代金を支払うこともできます。

i.n.ta.a.ne.t.to de da.i.ki.n o shi.ha.ra.u ko.to mo de.ki.ma.su

線上付款也可以。

5. 最近はネットで注文する人が増えています。

sa.i.ki.n wa ne.t.to de chu.u.mo.n.su.ru hi.to ga fu.e.te i.ma.su

最近上網訂的人增加了。

6. 予約金が必要ですか。

yo.ya.ku ki.n ga hi.tsu.yo.o de.su ka

需要訂金嗎？

2) 通知缺貨

お客：	すみません、注文した商品の確認をお願いしたいんですが……。	客人：不好意思，想麻煩你確認訂購了的商品……。
o kya.ku	su.mi.ma.se.n chu.u.mo.n.shi.ta sho.o.hi.n no ka.ku.ni.n o o ne.ga.i shi.ta.i n de.su ga	
わたし：	かしこまりました。注文番号をお願いします。	我：知道了。麻煩給我訂購號碼。
wa.ta.shi	ka.shi.ko.ma.ri.ma.shi.ta chu.u.mo.n ba.n.go.o o o ne.ga.i shi.ma.su	
お客：	ＡＲＦ－７６７０３８０です。	客人：是ARF-7670380。
o kya.ku	e.e a.a.ru e.fu no na.na ro.ku na.na ze.ro sa.n ha.chi ze.ro de.su	
わたし：	ＡＲＦ－７６７０３８０ですね。少々お待ちください。	我：ARF-7670380對吧。請稍等。我來輸入電腦裡做查詢。……讓您久等了。這個商品，因為目前缺貨而緊急生產中。
wa.ta.shi	e.e a.a.ru e.fu no na.na ro.ku na.na ze.ro sa.n ha.chi ze.ro de.su ne sho.o.sho.o o ma.chi ku.da.sa.i	
	コンピューターに入力して調べますので。……お待たせいたしました。	
	ko.n.pyu.u.ta.a ni nyu.u.ryo.ku.shi.te shi.ra.be.ma.su no.de o ma.ta.se i.ta.shi.ma.shi.ta	
	こちらの商品ですが、現在在庫切れとなっておりまして、大至急生産してい	

る最中(さいちゅう)です。

ko.chi.ra no sho.o.hi.n de.su ga ge.n.za.i za.i.ko gi.re to na.t.te o.ri.ma.shi.te da.i.shi.kyu.u se.e.sa.n.shi.te i.ru sa.i.chu.u de.su

お客(きゃく)：この前(まえ)もそんなこと言(い)ってて、もう半年(はんとし)も経(た)つんですけど……。

o kya.ku　ko.no ma.e mo so.n.na ko.to i.t.te.te mo.o ha.n.to.shi mo ta.tsu n de.su ke.do

客人：之前也那樣說，已經過了半年……。

わたし：たいへん申(もう)しわけございません。

wa.ta.shi　ta.i.he.n mo.o.shi.wa.ke go.za.i.ma.se.n

じつは日本(にほん)の大地震(おおじしん)の影響(えいきょう)で、原料(げんりょう)が不足(ふそく)しておりまして、世界各国(せかいかっこく)から取(と)り寄(よ)せてるんですが、間(ま)に合(あ)わないのが現状(げんじょう)でして……。

ji.tsu wa ni.ho.n no o.o.ji.shi.n no e.e.kyo.o de ge.n.ryo.o ga fu.so.ku.shi.te o.ri.ma.shi.te se.ka.i ka.k.ko.ku ka.ra to.ri.yo.se.te.ru n de.su ga ma.ni.a.wa.na.i no ga ge.n.jo.o de.shi.te

我：非常抱歉。其實是因為日本大地震的影響而原料不足，雖然正從世界各國寄過來，但目前的情況還是來不及……。

お客(きゃく)：それじゃ、いつ頃発注(ごろはっちゅう)できそうですか。

o kya.ku　so.re ja i.tsu go.ro ha.c.chu.u de.ki.so.o de.su ka

客人：那麼，大概什麼時候可以出貨呢？

わたし：すみません、目下何(もっかなん)とも言(い)えない状況(じょうきょう)です。

wa.ta.shi　su.mi.ma.se.n mo.k.ka na.n.to.mo i.e.na.i jo.o.kyo.o de.su

我：抱歉，目前的狀況是什麼都不能保證。

15 訂單

注文

▶▶▶

一定要聽得懂的一句話！

1. ご注文の品はただ今在庫切れでございます。

go chu.u.mo.n no shi.na wa ta.da i.ma za.i.ko gi.re de go.za.i.ma.su

您所訂購的東西目前缺貨。

2. あと 3 週間くらいはかかると思います。

a.to sa.n.shu.u.ka.n ku.ra.i wa ka.ka.ru to o.mo.i.ma.su

我想還需要三個禮拜左右。

3. 原料不足で生産できないとの報告を受けています。

ge.n.ryo.o bu.so.ku de se.e.sa.n de.ki.na.i to no ho.o.ko.ku o u.ke.te i.ma.su

（我）接到因為原料不足而無法生產這樣的報告。

4. この商品はあっという間に品切れになってしまうんです。

ko.no sho.o.hi.n wa a.t to i.u ma ni shi.na.gi.re ni na.t.te shi.ma.u n de.su

這商品一下子就缺貨。

5. その本はすでに絶版となっています。

so.no ho.n wa su.de ni ze.p.pa.n to na.t.te i.ma.su

那本書已經絕版。

6. 弊社の倉庫にも ２５０冊はございません。

he.e.sha no so.o.ko ni mo ni.hya.ku.go.ju.s.sa.tsu wa go.za.i.ma.se.n

敝公司的倉庫裡也沒有二百五十本。

一定要說的一句話！

1. もうだいぶ前に注文したんですが、まだ在庫切れですか。

mo.o da.i.bu ma.e ni chu.u.mo.n.shi.ta n de.su ga ma.da za.i.ko gi.re de.su ka

很久以前就訂了，但還缺貨嗎？

2. 商品が入荷されるのはいつですか。

sho.o.hi.n ga nyu.u.ka.sa.re.ru no wa i.tsu de.su ka

商品什麼時候到貨？

3. これと似たような商品がありますか。

ko.re to ni.ta yo.o.na sho.o.hi.n ga a.ri.ma.su ka

有沒有和這個類似的商品？

4. そちらのメーカーのものにこだわりたいんです。

so.chi.ra no me.e.ka.a no mo.no ni ko.da.wa.ri.ta.i n de.su

想堅持用你們製造商的東西。

5. 注文が殺到していて生産が間に合わないそうです。

chu.u.mo.n ga sa.t.to.o.shi.te i.te se.e.sa.n ga ma.ni.a.wa.na.i so.o de.su

據說因訂單蜂擁而至，生產不及。

6. 大地震の影響で、材料が不足しているそうです。

o.o.ji.shi.n no e.e.kyo.o de za.i.ryo.o ga fu.so.ku.shi.te i.ru so.o de.su

據說因大地震的影響，材料不足。

▶▶▶

3) 貨物損壞

お客：　昨日受け取った商品についてお電話してるんですが……。

o kya.ku　ki.no.o u.ke.to.t.ta sho.o.hi.n ni tsu.i.te o de.n.wa shi.te.ru n de.su ga

客人：打電話來是關於昨天收到的商品……。

わたし：　はい、どういったご用件でしょうか。

wa.ta.shi　ha.i do.o i.t.ta go yo.o.ke.n de.sho.o ka

我：是的，是什麼樣的事情呢？

お客：　傷がついてるんです。

o kya.ku　ki.zu ga tsu.i.te.ru n de.su

客人：有瑕疵。

わたし：　それは失礼いたしました。商品を輸送するときに、できた傷かもしれません。

wa.ta.shi　so.re wa shi.tsu.re.e i.ta.shi.ma.shi.ta sho.o.hi.n o yu.so.o.su.ru to.ki ni de.ki.ta ki.zu ka.mo.shi.re.ma.se.n

新しいものに取り換えさせていただきますので、お名前とご住所、お電話番号をいただけますでしょうか。

a.ta.ra.shi.i mo.no ni to.ri.ka.e.sa.se.te i.ta.da.ki.ma.su no.de o na.ma.e to go ju.u.sho o de.n.wa ba.n.go.o o i.ta.da.ke.ma.su de.sho.o ka

我：那不好意思。或許是在運送商品的過程中造成的瑕疵。請讓我換新的給您，能否告訴我您的大名、地址與電話號碼呢？

MP3 88

お客(きゃく)：　はい、游康英(ヨウカンイン)です。

o kya.ku　ha.i yo.o ka.n.i.n de.su

住所(じゅうしょ)は台中市(たいちゅうし)中山東路(なかやまとうろ)一段(いちだん)１５３号(いちごさんごう)で、電話番号(でんわばんごう)は０９９１－０９９８８８(ゼロきゅうきゅういちのゼロきゅうきゅうはちはちはち)です。

ju.u.sho wa ta.i.chu.u.shi na.ka.ya.ma.to.o.ro i.chi.da.n i.chi go sa.n go.o de de.n.wa ba.n.go.o wa ze.ro kyu.u kyu.u i.chi no ze.ro kyu.u kyu.u ha.chi ha.chi ha.chi de.su

客人：好，是游康英。地址是台中市中山東路一段153號，電話號碼是0991-099888。

わたし：　繰(く)り返(かえ)させていただきます。

wa.ta.shi　ku.ri.ka.e.sa.se.te i.ta.da.ki.ma.su

お名前(なまえ)は游康英様(ヨウカンインさま)で、ご住所(じゅうしょ)は台中市(たいちゅうし)中山東路(なかやまとうろ)一段(いちだん)１５３号(いちごさんごう)、お電話番号(でんわばんごう)は０９９１－０９９８８８(ゼロきゅうきゅういちのゼロきゅうきゅうはちはちはち)で間違(まちが)いございませんでしょうか。

o na.ma.e wa yo.o ka.n.i.n sa.ma de go ju.u.sho wa ta.i.chu.u.shi na.ka.ya.ma.to.o.ro i.chi.da.n i.chi go sa.n go.o o de.n.wa ba.n.go.o wa ze.ro kyu.u kyu.u i.chi no ze.ro kyu.u kyu.u ha.chi ha.chi ha.chi de ma.chi.ga.i go.za.i.ma.se.n de.sho.o ka

我：讓我重複一次。您的大名是游康英小姐，地址是台中市中山東路一段153號，電話號碼是0991-099888，對嗎？

お客(きゃく)：　はい。

o kya.ku　ha.i

客人：是的。

わたし：　たいへんご迷惑(めいわく)をおかけしますが、お手元(てもと)にある商品(しょうひん)を弊社(へいしゃ)まで着払(ちゃくばら)いでお送(おく)りいただけますか。

wa.ta.shi　ta.i.he.n go me.e.wa.ku o o ka.ke shi.ma.su ga o te.mo.to ni a.ru sho.o.hi.n o he.e.sha ma.de cha.ku.ba.ra.i de o o.ku.ri i.ta.da.ke.ma.su ka

我：雖然會給您添很大的麻煩，但能不能請您把手上的商品，用貨到付款的方式寄到敝公司呢？

15 訂單

注文(ちゅうもん)

▶▶▶

一定要聽得懂的一句話！

1. 送(おく)ってもらった商品(しょうひん)に傷(きず)があるんですが……。

o.ku.t.te mo.ra.t.ta sho.o.hi.n ni ki.zu ga a.ru n de.su ga

請你們寄的商品上面有瑕疵……。

2. 届(とど)いた品物(しなもの)が壊(こわ)れてるんですが……。

to.do.i.ta shi.na.mo.no ga ko.wa.re.te.ru n de.su ga

寄到的商品是壞的……。

3. 新品(しんぴん)に交換(こうかん)してもらえますか。

shi.n.pi.n ni ko.o.ka.n.shi.te mo.ra.e.ma.su ka

可以換新品給我嗎？

4. 音(おと)がぜんぜん出(で)ないんですけど……。

o.to ga ze.n.ze.n de.na.i n de.su ke.do

聲音完全出不來……。

5. 包装紙(ほうそうし)が破(やぶ)れてて、中(なか)が少(すこ)し傷(きず)ついてました。

ho.o.so.o.shi ga ya.bu.re.te.te na.ka ga su.ko.shi ki.zu.tsu.i.te.ma.shi.ta

包裝紙破了，裡面稍微有損壞。

6. ガラスの部分(ぶぶん)が割(わ)れちゃってるんですが……。

ga.ra.su no bu.bu.n ga wa.re.cha.t.te.ru n de.su ga

玻璃的部分破掉了……。

▶▶

一定要說的一句話！

1. 新品を郵送させていただきます。

shi.n.pi.n o yu.u.so.o.sa.se.te i.ta.da.ki.ma.su

請讓我郵寄新的商品。

2. 損害状況の詳細を教えていただけますでしょうか。

so.n.ga.i jo.o.kyo.o no sho.o.sa.i o o.shi.e.te i.ta.da.ke.ma.su de.sho.o ka

能否告訴我詳細的損壞情況呢？

3. 返品は可能ですが、払い戻しはできません。

he.n.pi.n wa ka.no.o de.su ga ha.ra.i.mo.do.shi wa de.ki.ma.se.n

可以退貨，但無法退款。

4. 破損部分を写真に撮ってお送りいただけませんか。

ha.so.n bu.bu.n o sha.shi.n ni to.t.te o o.ku.ri i.ta.da.ke.ma.se.n ka

可以請您將破損的部分拍成照片寄過來嗎？

5. 配送の過程で問題が生じたものと思われます。

ha.i.so.o no ka.te.e de mo.n.da.i ga sho.o.ji.ta mo.no to o.mo.wa.re.ma.su

我認為是配送過程中發生的問題。

6. 発注番号をお教えください。

ha.c.chu.u ba.n.go.o o o o.shi.e ku.da.sa.i

請告訴我訂購號碼。

4）帳款催收

担当者：	おととい注文書をいただきました、日光貿易の久保田です。	負責人：我是前天收到訂單的日光貿易的久保田。我打電話來是有關商品款項支付的事情，請問詢問處是這裡嗎？
ta.n.to.o.sha	o.to.to.i chu.u.mo.n.sho o i.ta.da.ki.ma.shi.ta ni.k.ko.o bo.o.e.ki no ku.bo.ta de.su	
	商品代金のお支払いについてお電話してるんですが、問い合わせ先はこちらでいいでしょうか。	
	sho.o.hi.n da.i.ki.n no o shi.ha.ra.i ni tsu.i.te o de.n.wa shi.te.ru n de.su ga to.i.a.wa.se sa.ki wa ko.chi.ra de i.i de.sho.o ka	
わたし：	どうぞ。	我：請。
wa.ta.shi	do.o.zo	
担当者：	代金未納のため、まだ発送できないでいるんですが……。	負責人：因為還沒付款，所以還不能寄送……。
ta.n.to.o.sha	da.i.ki.n mi.no.o no ta.me ma.da ha.s.so.o de.ki.na.i.de i.ru n de.su ga	
わたし：	それは失礼いたしました。ただ今会計に確認を取りますので、少々お待ちください。	我：那不好意思。我現在去向會計確認，請稍等。……

wa.ta.shi so.re wa shi.tsu.re.e i.ta.shi.ma.shi.ta ta.da i.ma ka.i.ke.e ni ka.ku.ni.n o to.ri.ma.su no.de sho.o.sho.o o ma.chi ku.da.sa.i

……お待たせいたしました。担当者の話によりますと、おとといの午後3時頃に送金したそうなんですが……。

o ma.ta.se i.ta.shi.ma.shi.ta ta.n.to.o.sha no ha.na.shi ni yo.ri.ma.su to o.to.to.i no go.go sa.n.ji go.ro ni so.o.ki.n.shi.ta so.o na n de.su ga

讓您久等了。據負責人所說，前天下午三點左右已經付款了……。

担当者：おかしいですね。こちらではまだ確認できてません。

ta.n.to.o.sha o.ka.shi.i de.su ne ko.chi.ra de wa ma.da ka.ku.ni.n de.ki.te.ma.se.n

負責人：奇怪耶。這裡還沒有看到。

わたし：送金した際の証明書があるそうなので、あとでファックスいたしましょうか。

wa.ta.shi so.o.ki.n.shi.ta sa.i no sho.o.me.e.sho ga a.ru so.o.na no.de a.to de fa.k.ku.su i.ta.shi.ma.sho.o ka

我：聽説有付款時的證明書，要不要等一下傳真過去？

担当者：じゃ、よろしくお願いします。

ta.n.to.o.sha ja yo.ro.shi.ku o ne.ga.i shi.ma.su

負責人：那麼，麻煩您。

15 訂單

ちゅうもん
注文

一定要聽得懂的一句話！

1. きんがくぶそく　しゅっか
金額不足で出荷できません。
ki.n.ga.ku bu.so.ku de shu.k.ka de.ki.ma.se.n
因為金額不足而無法出貨。

2. ひゃくよんじゅうまんげん　た
１４０万元足りないです。
hya.ku.yo.n.ju.u.ma.n.ge.n ta.ri.na.i de.su
少了一百四十萬元。

3. だいきん　みばら
代金が未払いです。
da.i.ki.n ga mi.ba.ra.i de.su
費用還沒付款。

4. だいしきゅう　そうきん
大至急、送金してください。
da.i.shi.kyu.u so.o.ki.n.shi.te ku.da.sa.i
請立刻付款。

5. めいさいひょう
明細表をいただけますか。
me.e.sa.i.hyo.o o i.ta.da.ke.ma.su ka
可否給明細表嗎？

6. してい　こうざ　のうきん
指定の口座に納金してください。
shi.te.e no ko.o.za ni no.o.ki.n.shi.te ku.da.sa.i
請繳款到指定的帳戶。

▶▶▶

一定要說的一句話！

1. 納期をお守りください。

no.o.ki o o ma.mo.ri ku.da.sa.i

請遵守交貨期限。

2. 品物が届いたら、なるべく早めに送金してください。

shi.na.mo.no ga to.do.i.ta.ra na.ru.be.ku ha.ya.me ni so.o.ki.n.shi.te ku.da.sa.i

貨品到了之後，請盡快付款。

3. 詳細については会計にお問い合わせください。

sho.o.sa.i ni tsu.i.te wa ka.i.ke.e ni o to.i.a.wa.se ku.da.sa.i

關於詳細內容，請向會計洽詢。

4. 商品は毎週金曜日に出荷しています。

sho.o.hi.n wa ma.i.shu.u ki.n.yo.o.bi ni shu.k.ka.shi.te i.ma.su

商品於每週五出貨。

5. 送金の確認ができてから出荷します。

so.o.ki.n no ka.ku.ni.n ga de.ki.te ka.ra shu.k.ka.shi.ma.su

確認付款後會出貨。

6. 納期はあさってのはずですが……。

no.o.ki wa a.sa.t.te no ha.zu de.su ga

交貨期限應該是後天……。

給人好印象的「クッション言葉(ことば)」（緩衝用語）

有人說在職場裡，緩衝用語是很重要的。緩衝用語原文中的「クッション」（坐墊），顧名思義，具有緩衝的功用。所以緩衝用語主要用在「向對方提出請求」、「提出反對言論」、或是「拒絕對方」等情況較多。因為如此一來，就不會造成因直接說出口而讓人覺得無情的情形發生了。常見的緩衝用語如下：

例一）請求

- お手数(てすう)をおかけしますが、どうぞよろしくお願(ねが)いいたします。

  造成您的不便，請多指教。

- よろしければ、このまま契約(けいやく)を続行(ぞっこう)させていただきたいのですが……。

  如果可以的話，就容我照這樣履行契約……。

- たいへん恐縮(きょうしゅく)ですが、あちらでお待(ま)ちいただけますでしょうか。

  誠惶誠恐，可否容許我在那邊等候？

例二）反對言論、反對意見

・おっしゃることは分かりますが、こちらのやり方のほうがもっといいのではないでしょうか。

我明白您所說的，但我們這邊的做法是否更加恰當呢？

・ご意見はなるほどとは思いますが、そろそろ新しい商品を考案しないと、他社に追い越されるかと思うのですが……。

我很認同您的意見，但若是不趕緊設計新的商品，恐怕會被其他公司超越……。

・確かにそのとおりではございますが、時代も違うことですし……。

的確如您所說，但時代已經不同，且……。

例三）拒絕

・残念ながら、ご期待には沿えません。

很遺憾，無法回應您的期待。

・申しわけありませんが、今回はお断りさせていただきます。

實在不好意思，但這次請容我拒絕。

・せっかくですが、今日のところはお引き取りください。

感謝特地前來，但今天還是請回。

由於日本人經常會下意識地站在對方的立場著想，所以常常可以聽到這樣的緩衝用語。這樣的用語不僅僅用在對話上，若也能用在電子郵件或信件等文書裡，不但可以向對方展現體貼的一面，還能讓寫出來的日文更像日文。尤其是當緩衝用語接續在否定表現的語句前時，能降低給對方造成的傷害，所以若說它是在商場裡與他人保持良好關係的最佳工具也不為過。以職場禮儀而言，挑釁對方的方式是不適用的。所以不要用武器，用「クッション」和日本人交戰看看吧！

16 採購

本單元教您「索取樣品」以及「詢問庫存」的相關用語與會話。從一問一答的眾多例句當中，可學習到更高階的商用日語。

16 採購
買(か)い付(つ)け

1) 索取樣品

わたし：　サンプルをいただけますか。
wa.ta.shi　sa.n.pu.ru o i.ta.da.ke.ma.su ka

我：可以給我樣品嗎？

取引先(とりひきさき)：　すみません。残(のこ)りが少(すく)ないので、のちほどお送(おく)りする形(かたち)でもかまいませんでしょうか。
to.ri.hi.ki.sa.ki　su.mi.ma.se.n no.ko.ri ga su.ku.na.i no.de no.chi ho.do o o.ku.ri su.ru ka.ta.chi de.mo ka.ma.i.ma.se.n de.sho.o ka

合作廠商：不好意思。因為剩下很少，以隨後寄出的形式也可以嗎？

わたし：　ええ、けっこうです。
wa.ta.shi　e.e ke.k.ko.o de.su

我：好，可以。

取引先(とりひきさき)：　こちらのノートに会社名(かいしゃめい)と部署名(ぶしょめい)、ご住所(じゅうしょ)をお書(か)きください。
to.ri.hi.ki.sa.ki　ko.chi.ra no no.o.to ni ka.i.sha me.e to bu.sho me.e go ju.u.sho o o ka.ki ku.da.sa.i

サンプルを数点(すうてん)、送(おく)らせていただきます。
sa.n.pu.ru o su.u.te.n o.ku.ra.se.te i.ta.da.ki.ma.su

合作廠商：請在這邊的筆記本上寫公司名稱、部門名稱以及地址。我們會把幾份樣品寄給您。

わたし： ありがとうございます。

wa.ta.shi a.ri.ga.to.o go.za.i.ma.su

我：謝謝您。

取引先（とりひきさき）： パンフレットはたくさんありますので、お持（も）ちください。

to.ri.hi.ki.sa.ki pa.n.fu.re.t.to wa ta.ku.sa.n a.ri.ma.su no.de o mo.chi ku.da.sa.i

合作廠商：因為簡介手冊有很多，所以請拿去。

わたし： どうも。

wa.ta.shi do.o.mo

我：謝謝。

16 採購

買(か)い付(つ)け

一定要聽得懂的一句話！

1. サンプルはいかがですか。
sa.n.pu.ru wa i.ka.ga de.su ka
要不要樣品呢？

2. こちらのサンプルはご自由(じゆう)にお取(と)りください。
ko.chi.ra no sa.n.pu.ru wa go ji.yu.u ni o to.ri ku.da.sa.i
這裡的樣品請自由取用。

3. 新製品(しんせいひん)のパンフレットとサンプルです。
shi.n.se.e.hi.n no pa.n.fu.re.t.to to sa.n.pu.ru de.su
這是新商品的簡介手冊與樣品。

4. 説明書(せつめいしょ)もお付(つ)けしましょうか。
se.tsu.me.e.sho mo o tsu.ke shi.ma.sho.o ka
要不要附說明書呢？

5. こちらのサンプルは有料(ゆうりょう)となっております。
ko.chi.ra no sa.n.pu.ru wa yu.u.ryo.o to na.t.te o.ri.ma.su
這邊的樣品要付費。

6. サンプルはお好(す)きなだけお持(も)ちください。
sa.n.pu.ru wa o su.ki.na da.ke o mo.chi ku.da.sa.i
樣品請想拿多少就拿多少。

一定要說的一句話！

1. サンプルは無料ですか。
sa.n.pu.ru wa mu.ryo.o de.su ka
樣品是免費的嗎？

2. サンプルはただですか。
sa.n.pu.ru wa ta.da de.su ka
樣品是不用錢的嗎？

3. サンプルを2つもらってもいいですか。
sa.n.pu.ru o fu.ta.tsu mo.ra.t.te mo i.i de.su ka
能否拿二個樣品呢？

4. 価格表もいっしょにもらっていいですか。
ka.ka.ku.hyo.o mo i.s.sho ni mo.ra.t.te i.i de.su ka
價格表也可以一起拿嗎？

5. 会社のほうにサンプルをいくつか送ってもらえますか。
ka.i.sha no ho.o ni sa.n.pu.ru o i.ku.tsu ka o.ku.t.te mo.ra.e.ma.su ka
可不可以將幾個樣品寄到公司那裡呢？

6. 試供品はありますか。
shi.kyo.o.hi.n wa a.ri.ma.su ka
有沒有試用品？

2) 詢問庫存

わたし：　ＦＳ９９5の商品を500台注文したいんですが……。

wa.ta.shi　e.fu e.su kyu.u kyu.u go no sho.o.hi.n o go.hya.ku da.i chu.u.mo.n.shi.ta.i n de.su ga

我：我想訂購FS995的商品五百台……。

取引先：　500台ですか。在庫を確認しますので、少々お待ちください。

to.ri.hi.ki.sa.ki go.hya.ku.da.i de.su ka za.i.ko o ka.ku.ni.n.shi.ma.su no.de sho.o.sho.o o ma.chi ku.da.sa.i

……お待たせいたしました。

o ma.ta.se i.ta.shi.ma.shi.ta

在庫は現在　4 20台しかございませんので、他は南部からお取り寄せとなります。

za.i.ko wa ge.n.za.i yo.n.hya.ku.ni.ju.u.da.i shi.ka go.za.i.ma.se.n no.de ho.ka wa na.n.bu ka.ra o to.ri.yo.se to na.ri.ma.su

合作廠商：五百台嗎？我確認一下庫存，所以請稍等。……讓您久等了。庫存目前只有四百二十台而已，所以其他的要從南部調貨。

わたし：　取(と)り寄(よ)せだと、時間(じかん)がかかるんじゃありませんか。

wa.ta.shi　to.ri.yo.se da to ji.ka.n ga ka.ka.ru n ja a.ri.ma.se.n ka

我：調貨的話，很花時間不是嗎？

取引先(とりひきさき)：　はい、通常(つうじょう)は2日(ふつか)から3日(みっか)のお時間(じかん)をいただいております。

to.ri.hi.ki.sa.ki ha.i tsu.u.jo.o wa fu.tsu.ka ka.ra mi.k.ka no o ji.ka.n o i.ta.da.i.te o.ri.ma.su

合作廠商：是的，通常需要二天到三天的時間。

わたし：　それじゃ、間(ま)に合(あ)わないな。ちょっと急(いそ)ぎなもので。

wa.ta.shi　so.re ja ma.ni.a.wa.na.i na cho.t.to i.so.gi.na mo.no de

我：那麼來不及啊。因為有點急。

取引先(とりひきさき)：　それでしたら、こちらも何(なん)とかやってみます。

to.ri.hi.ki.sa.ki so.re.de.shi.ta.ra ko.chi.ra mo na.n to.ka ya.t.te mi.ma.su

合作廠商：那麼，我們這邊也盡量試試看。

16 採購

買い付け

▶▶▶

一定要聽得懂的一句話！

1. 在庫を確認してもらえますか。

za.i.ko o ka.ku.ni.n.shi.te mo.ra.e.ma.su ka

能否幫我確認庫存？

2. かなりの量を注文したいんですが、在庫があるか心配です。

ka.na.ri no ryo.o o chu.u.mo.n.shi.ta.i n de.su ga za.i.ko ga a.ru ka shi.n.pa.i de.su

我想訂的量相當多，但擔心是否有庫存。

3. 今、そちらの倉庫にはどれくらいの在庫がありますか。

i.ma so.chi.ra no so.o.ko ni wa do.re ku.ra.i no za.i.ko ga a.ri.ma.su ka

目前，你那裡的倉庫有大約多少的庫存呢？

4. インド支社から取り寄せるとなると、何日かかりますか。

i.n.do shi.sha ka.ra to.ri.yo.se.ru to na.ru to na.n.ni.chi ka.ka.ri.ma.su ka

如果從印度分公司調貨的話，需要幾天呢？

5. 今週の金曜日までに部品を200万個お願いしたいんですが……。

ko.n.shu.u no ki.n.yo.o.bi ma.de ni bu.hi.n o ni.hya.ku.ma.n.ko o ne.ga.i shi.ta.i n de.su ga

我想拜託您在這個禮拜五之前拿到配件二百萬個。

6. 今は書き入れ時なので、それだけの量が集まるか心配です。

i.ma wa ka.ki.i.re do.ki na no.de so.re da.ke no ryo.o ga a.tsu.ma.ru ka shi.n.pa.i de.su

因為目前是旺季，所以擔心能不能收集到那麼多的量。

一定要說的一句話！

1. それらの商品は在庫がありません。

so.re ra no sho.o.hi.n wa za.i.ko ga a.ri.ma.se.n

那些商品沒有庫存。

2. 在庫があるかどうか確認の電話をしてきます。

za.i.ko ga a.ru ka do.o ka ka.ku.ni.n no de.n.wa o shi.te ki.ma.su

我去打電話，確認有沒有庫存。

3. 今すぐ取り寄せの手配をすれば、間に合うと思います。

i.ma su.gu to.ri.yo.se no te.ha.i o su.re ba ma.ni.a.u to o.mo.i.ma.su

現在馬上安排調貨的話，我想來得及。

4. 在庫管理の責任者を呼んでください。

za.i.ko ka.n.ri no se.ki.ni.n.sha o yo.n.de ku.da.sa.i

請叫管理庫存的負責人。

5. 在庫リストを見せてもらってもいいですか。

za.i.ko ri.su.to o mi.se.te mo.ra.t.te mo i.i de.su ka

能否給我看庫存一覽表呢？

6. その商品なら在庫も十分にあります。

so.no sho.o.hi.n na.ra za.i.ko mo ju.u.bu.n ni a.ri.ma.su

那個商品的話，有足夠的庫存。

再怎麼不好相處的人也要交談

職場裡當然也有與自己處不來、或者難以接近的人。先不管學生時代是如何，一旦成為了社會人士，就算是討厭的人也得和他接觸，否則便無法工作。如果碰到的是與自己有文化差異的日本人，那更是棘手。甚至還有人表示遇到日本人時，總是煩惱不已，不知如何開口，所以壓力越來越大……。有鑑於此，本單元教您要如何開口，才能和難以接近的人順利地交談下去！

首先，是話題的選擇。天氣的話題，是不管任何情況皆可使用的開場白。我們就搭配天氣，先從闡述自己的感受，用徵求對方同意的話題開始吧！若覺得這樣太過單調，只要再加上簡單的一句話，效果會立竿見影。例如：「今日はあいにくのお天気ですね」（今天真是不湊巧的天氣呢）＋「晴ればかりでも、水不足になってたいへんですが……」（不過要是一直都是艷陽天，也會缺水而傷腦筋……），或是「今年はとくに寒いですね」（今年特別的冷耶）＋「こう寒いと、お鍋がおいしいですよね」（這麼冷的話，火鍋就會特別好吃對吧）等等。也就是說，只要加入尋求對方同意的語句，就能讓對方更能融入對話中。

接下來，如果是和不善言詞的人對談，用問答的方式來溝通會很有效，因為它可以讓對方輕鬆地參與話題。像是「かなり日焼けされてますね」（您曬得很黑耶）＋「ゴルフをなさるんですか」（有在打高爾夫嗎）等，就是很好的例子。不管對方的回答是否有在打高爾

夫，能讓對方想要回答問題，才是正確的提問方式。如果能提出一個讓對方能愉快且想交談的問題，那麼這個話題必能不斷地延伸進展下去。

最好的詢問，就是能引導對方，讓對方把過去的經驗提出來分享。比方說，「最近、取引先で失敗しちゃったんです。〇〇さんもそういう経験ありますか」（我最近在合作廠商那踢到了鐵板。〇〇先生（小姐）也有那樣的經驗嗎）、「失敗した時って、どうやって気持ちの切り替えをしましたか」（您失敗時，都是如何調適心情的呢？）等等。如果懂得引導，特別是日本的中年男性，他們都很樂意提供建議喔！若能和對方這樣談天說地，再怎麼難以接近的人也會漸漸敞開心胸的。所以，趕快試一試吧！

良薬(りょうやく)は口(くち)に苦(にが)し、忠言(ちゅうげん)は耳(みみ)に逆(さか)らう

良藥苦口利於病，忠言逆耳利於行

17 合約

商場上的誠信，需倚賴合約。不管是「簽約」還是涉及「違約」，如何維護公司權益，和對方據理力爭，這樣的高階商用日語，可從本單元學習到。

1）簽約

取引先（とりひきさき）：　品質管理（ひんしつかんり）についてはどうですか。

to.ri.hi.ki.sa.ki hi.n.shi.tsu ka.n.ri ni tsu.i.te wa do.o de.su ka

合作廠商：就品質管理而言，如何呢？

わたし：　それについてはご安心（あんしん）ください。

wa.ta.shi　so.re ni tsu.i.te wa go a.n.shi.n ku.da.sa.i

組（く）み立（た）て前（まえ）に、部門責任者（ぶもんせきにんしゃ）3名（さんめい）がそれぞれ念入（ねんい）りにチェックしております。

ku.mi.ta.te ma.e ni bu.mo.n se.ki.ni.n.sha sa.n.me.e ga so.re.zo.re ne.n.i.ri ni che.k.ku.shi.te o.ri.ma.su

弊社（へいしゃ）の管理（かんり）は非常（ひじょう）に厳重（げんじゅう）です。

he.e.sha no ka.n.ri wa hi.jo.o ni ge.n.ju.u de.su

我：就它而言，請放心。在組裝之前，會有三位部門的負責人各自仔細確認。敝公司的管理非常嚴格。

取引先（とりひきさき）：　サンプルをいただいていってもよろしいですか。

to.ri.hi.ki.sa.ki sa.n.pu.ru o i.ta.da.i.te i.t.te mo yo.ro.shi.i de.su ka

合作廠商：能否把樣品拿回去？

わたし： ええ、もちろんです。
wa.ta.shi e.e mo.chi.ro.n de.su

ところで、技術指導者(ぎじゅつしどうしゃ)の滞在中(たいざいちゅう)の費用(ひよう)ですが、こちらで全額負担(ぜんがくふたん)させていただくということでよろしいでしょうか。

to.ko.ro.de gi.ju.tsu shi.do.o.sha no ta.i.za.i chu.u no hi.yo.o de.su ga ko.chi.ra de ze.n.ga.ku fu.ta.n.sa.se.te i.ta.da.ku to i.u ko.to de yo.ro.shi.i de.sho.o ka

我：好的，當然。對了，有關技術指導員在停留期間的費用，由我方全額負擔，這樣好嗎？

取引先(とりひきさき)： ええ、そうしていただけると助(たす)かります。
to.ri.hi.ki.sa.ki e.e so.o shi.te i.ta.da.ke.ru to ta.su.ka.ri.ma.su

それでは、そろそろ契約書(けいやくしょ)にサインをしませんか。

so.re.de.wa so.ro.so.ro ke.e.ya.ku.sho ni sa.i.n o shi.ma.se.n ka

合作廠商：好，如果可以那樣的話就幫了大忙。那麼，差不多要簽合約書了嗎？

わたし： そうですね。
wa.ta.shi so.o de.su ne

我：好啊。

17 合約
契約（けいやく）

一定要聽得懂的一句話！

1. 契約書（けいやくしょ）に問題（もんだい）がないかご確認（かくにん）ください。
ke.e.ya.ku.sho ni mo.n.da.i ga na.i ka go ka.ku.ni.n ku.da.sa.i
請確認合約書上面有沒有問題。

2. 問題（もんだい）がなければサインしてください。
mo.n.da.i ga na.ke.re.ba sa.i.n.shi.te ku.da.sa.i
沒有問題的話，請簽名。

3. 付属（ふぞく）の書類（しょるい）にも目（め）をお通（とお）しください。
fu.zo.ku no sho.ru.i ni mo me o o to.o.shi ku.da.sa.i
附屬文件也請過目。

4. 今（いま）すぐ契約書（けいやくしょ）を交（か）わしましょう。
i.ma su.gu ke.e.ya.ku.sho o ka.wa.shi.ma.sho.o
現在立刻簽約吧。

5. 契約書（けいやくしょ）は最後（さいご）までお読（よ）みください。
ke.e.ya.ku.sho wa sa.i.go ma.de o yo.mi ku.da.sa.i
請將合約書看到最後。

6. 新（あたら）しい契約書（けいやくしょ）の作成（さくせい）が必要（ひつよう）ですか。
a.ta.ra.shi.i ke.e.ya.ku.sho no sa.ku.se.e ga hi.tsu.yo.o de.su ka
需不需要做新的合約書？

MP3 97

▶▶

一定要說的一句話！

1. 特約事項を加えていただきたいのですが……。

to.ku.ya.ku ji.ko.o o ku.wa.e.te i.ta.da.ki.ta.i no de.su ga

想請您加上特約事項……。

2. 1ページ目の下から2段目の部分は、ちょっとどうかと思うのですが……。

i.chi pe.e.ji.me no shi.ta ka.ra ni.da.n.me no bu.bu.n wa cho.t.to do.o ka to o.mo.u no de.su ga

第一頁的倒數第二行部分，我覺得有點……。

3. この総費用の部分については、再検討が必要かと思われます。

ko.no so.o hi.yo.o no bu.bu.n ni tsu.i.te wa sa.i.ke.n.to.o ga hi.tsu.yo.o ka to o.mo.wa.re.ma.su

關於這個總費用的部分，我覺得需要再檢討。

4. まったく異論ありません。

ma.t.ta.ku i.ro.n a.ri.ma.se.n

完全沒有異議。

5. 同意します。

do.o.i.shi.ma.su

同意。

6. 両社にとってたいへん意義のある契約となりそうですね。

ryo.o.sha ni to.t.te ta.i.he.n i.gi no a.ru ke.e.ya.ku to na.ri so.o de.su ne

好像可以成為對雙方都非常有價值的合約喔！

▶▶▶

2）違約

わたし：	抗議（こうぎ）の申（もう）し出（で）にまいりました。	我：我是來提出抗議的。
wa.ta.shi	ko.o.gi no mo.o.shi.de ni ma.i.ri.ma.shi.ta	
取引先（とりひきさき）：	どういうことでしょうか。	合作廠商：什麼事情呢？
to.ri.hi.ki.sa.ki	do.o i.u ko.to de.sho.o ka	
わたし：	契約書（けいやくしょ）のこの部分（ぶぶん）を見（み）てください。 ここに書（か）かれてあることが、守（まも）られていないということが発覚（はっかく）したんです。	我：請看合約書的這個部分。我們發現了這裡有寫的事情，卻沒有遵守。
wa.ta.shi	ke.e.ya.ku.sho no ko.no bu.bu.n o mi.te ku.da.sa.i ko.ko ni ka.ka.re.te a.ru ko.to ga ma.mo.ra.re.te i.na.i to i.u ko.to ga ha.k.ka.ku.shi.ta n de.su	
取引先（とりひきさき）：	それは……。	合作廠商：那個是……。
to.ri.hi.ki.sa.ki	so.re wa	
わたし：	これは契約違反（けいやくいはん）ですよね。	我：這是違約對吧。
wa.ta.shi	ko.re wa ke.e.ya.ku i.ha.n de.su yo ne	

取引先（とりひきさき）：いえ、今（いま）、上（うえ）の者（もの）を呼（よ）んできて説明（せつめい）させていただきますので、お待（ま）ちいただけませんか。

to.ri.hi.ki.sa.ki i.e i.ma u.e no mo.no o yo.n.de ki.te se.tsu.me.e.sa.se.te i.ta.da.ki.ma.su no.de o ma.chi i.ta.da.ke.ma.se.n ka

合作廠商：不，現在請主管來為您説明，所以可以請您等一下嗎？

わたし：最悪（さいあく）の場合（ばあい）、法律的行動（ほうりつてきこうどう）も考（かんが）えていますのでご了承（りょうしょう）ください。

wa.ta.shi sa.i.a.ku no ba.a.i ho.o.ri.tsu.te.ki ko.o.do.o mo ka.n.ga.e.te i.ma.su no.de go ryo.o.sho.o ku.da.sa.i

我：最壞的情況，我們考慮採取法律行動，請了解。

17 合約

契約

▶▶▶

一定要聽得懂的一句話！

1. どの点について契約違反だとおっしゃるのでしょうか。
do.no te.n ni tsu.i.te ke.e.ya.ku i.ha.n da to o.s.sha.ru no de.sho.o ka
您說關於哪個地方有違約呢？

2. 契約違反だとおっしゃる理由を述べてください。
ke.e.ya.ku i.ha.n da to o.s.sha.ru ri.yu.u o no.be.te ku.da.sa.i
請陳述您們覺得有違約的理由。

3. 確かにその件については弊社に落ち度がありました。
ta.shi.ka ni so.no ke.n ni tsu.i.te wa he.e.sha ni o.chi.do ga a.ri.ma.shi.ta
的確，關於那一件事，敝公司有疏忽。

4. この場合、違約金が発生するのでしょうか。
ko.no ba.a.i i.ya.ku.ki.n ga ha.s.se.e.su.ru no de.sho.o ka
這個時候，是否會產生違約金呢？

5. 弁護士を要請してよく話し合いましょう。
be.n.go.shi o yo.o.se.e.shi.te yo.ku ha.na.shi.a.i.ma.sho.o
請個律師好好商量吧。

6. こちらに契約違反があったようには思えませんが……。
ko.chi.ra ni ke.e.ya.ku i.ha.n ga a.t.ta yo.o ni wa o.mo.e.ma.se.n ga
我不認為我方有違約。

一定要說的一句話！

1. そちらに契約違反(けいやくいはん)があったということをお認(みと)めですか。
so.chi.ra ni ke.e.ya.ku i.ha.n ga a.t.ta to i.u ko.to o o mi.to.me de.su ka
您們承認自己違反契約了嗎？

2. 損害賠償(そんがいばいしょう)を求(もと)めます。
so.n.ga.i ba.i.sho.o o mo.to.me.ma.su
（我們）要求賠償損失。

3. 契約違反(けいやくいはん)とは予想(よそう)だにしませんでした。
ke.e.ya.ku i.ha.n to wa yo.so.o da ni shi.ma.se.n de.shi.ta
沒想到連你們也違約。

4. 契約違反(けいやくいはん)の理由(りゆう)がそれでは、あまりにもひどすぎます。
ke.e.ya.ku i.ha.n no ri.yu.u ga so.re de wa a.ma.ri ni mo hi.do.su.gi.ma.su
違約的理由就是那樣，也太過分了。

5. 担当弁護士(たんとうべんごし)さんにお願(ねが)いするしかなさそうですね。
ta.n.to.o be.n.go.shi sa.n ni o ne.ga.i su.ru shi.ka na.sa.so.o de.su ne
好像只能麻煩負責律師幫忙了。

6. こちらにある「配送規約(はいそうきやく)」の欄(らん)に詳(くわ)しく書(か)かれています。
ko.chi.ra ni a.ru ha.i.so.o ki.ya.ku no ra.n ni ku.wa.shi.ku ka.ka.re.te i.ma.su
這裡的「運送規定」欄裡已詳細載明。

善用「慣用句」，表現出您的實力！

在日本上班族的對話裡，時常會出現「慣用句」。這是因為使用慣用句，除了能明確地表達自己想表達的意思之外，還能讓人覺得自己是一位厲害又有才幹的上班族。也就是說，身為外國人的您，若能將慣用句運用得宜，那麼對方就會覺得「這傢伙不太一樣喔！」進而對您另眼相看，甚至和您相處的態度也會跟著不同，如此一來，相信工作必能更加順利！商用日語中常用的慣用句有：

▶ 縁（えん）の下（した）の力持（ちからも）ち（地板下的力士；默默奉獻的無名英雄。在沒有人注意的地方，默默支持別人的人或事。）

例）自分（じぶん）が出世（しゅっせ）できたのは、縁（えん）の下（した）の力持（ちからも）ちとなって支（ささ）えてくれた人（ひと）たちがいたからです。

自己能功成名就，是因為有群在背後默默支持著我的人們。

▶ 石（いし）の上（うえ）にも三年（さんねん）（坐在冰冷的石頭上三年，也會變暖和；有志者事竟成。再怎麼辛苦只要持續忍耐，終有一日會達成。）

例）この会社（かいしゃ）でやっていきたいのなら、石（いし）の上（うえ）にも三年（さんねん）の気持（きも）ちでがんばらないとだめだよ。

如果想一直待在這家公司的話，不用有志者事竟成的心情去努力可不行。

▶ 猫の手も借りたい（連貓的手都想借。比喻非常忙碌，只要幫得上忙的，任誰都好。）

例）今月は猫の手も借りたいほど忙しいんです。

這個月非常忙碌，忙碌到連貓的手都想借。

▶ 貧乏暇なし（窮人沒有空閒。因為貧窮，所以非得從早工作到晚，沒有多餘的時間可做其他的事。也可當作抽不出空的藉口或謙虛説法來使用。）

例）貧乏暇なしで、仕事に追われる毎日です。

因為我是窮人沒有空閒，每天過著被工作追趕的日子。

▶ 習うより慣れろ（學不如熟練之；讀萬卷書不如行萬里路。與其從人或書本上得到教誨，倒不如實際地去經歷更能體會。）

例）本をたくさん読んでも解決できなかったことが、現場で失敗するうちに分かるようになりました。習うより慣れろってことですかね。

（那些）讀再多書也無法解決的事，只要在工作現場一踢到鐵板就會明瞭了。真所謂學不如熟練之吧。

國家圖書館出版品預行編目資料

從零開始，跟著唸、照著抄～你也會的商用日語！/
こんどうともこ著
-- 初版 -- 臺北市：瑞蘭國際 ,2013.07
288 面；17 × 23 公分 --（元氣日語系列；21）
ISBN：978-986-5953-39-3（平裝附光碟片）
1. 日語 2. 商業 3. 讀本
803.18　　102011872

元氣日語系列 21

從零開始，跟著唸、照著抄～
你也會的商用日語！

作者｜こんどうともこ
審訂｜元氣日語編輯小組
責任編輯｜葉仲芸、王愿琦
校對｜こんどうともこ、葉仲芸、王愿琦

封面、版型設計｜劉麗雪／內文排版｜帛格有限公司／美術插畫｜ Ruei Yang
日文錄音｜こんどうともこ、福岡載豐／錄音室｜采漾錄音製作有限公司
印務｜王彥萍

董事長｜張暖彗／社長兼總編輯｜王愿琦／副總編輯｜呂依臻
副主編｜葉仲芸／編輯｜周羽恩／美術編輯｜余佳憓
企畫部主任｜王彥萍／業務部主任｜楊米琪

出版社｜瑞蘭國際有限公司／地址｜台北市大安區安和路一段 104 號 7 樓之一
電話｜ (02)2700-4625 ／傳真｜ (02)2700-4622 ／訂購專線｜ (02)2700-4625
劃撥帳號｜ 19914152 瑞蘭國際有限公司／瑞蘭網路書城｜ www.genki-japan.com.tw

總經銷｜聯合發行股份有限公司／電話｜ (02)2917-8022、2917-8042
傳真｜ (02)2915-6275、2915-7212 ／印刷｜宗祐印刷有限公司
出版日期：2013 年 07 月初版 1 刷／定價：320 元／ ISBN：978-986-5953-39-3